우리 집 그림 얘기

우리 집 그림 얘기

1판 1쇄 발행 | 2020년 5월 25일
지은이 | 김옥진
발행인 | 이선우
펴낸곳 | 도서출판 선우미디어
 등록 | 1997. 8. 7 제305-2014-000020
 02643 서울시 동대문구 장한로12길 40, 101동 203호
 ☎ 2272-3351, 3352 팩스: 2272-5540
 sunwoome@hanmail.net
 Printed in Korea ⓒ 2020. 김옥진

값 13,000원

※ 이 도서의 국립중앙도서관 출판예정도서목록(CIP)은 서지정보유통지원시스템 홈페이지
  (http://seoji.nl.go.kr)와 국가자료공동목록시스템(http://www.nl.go.kr/kolisnet)에서 이용하실 수
  있습니다.(CIP제어번호: CIP2020020356)

ISBN 978-89-5658-641-0 03810

우리 집 그림 얘기

김옥진 에세이

선우미디어

부끄럽지만 두 번째 글을 묶었습니다.

세상에는 글 한 줄보다 더 급하고 소중한 일들이 많습니다. 그럼에도 저는 매일 한 줄의 문장을 생각하고 아름다운 한 편을 글을 꿈꿉니다. 그 꿈은 지금도 제 마음을 설레게 합니다.

평생을 살아오면서 나를 일깨운 것은 참으로 많습니다. 부모형제는 물론이거니와 길가에 핀 풀꽃이, 나무가, 계절이, 그리고 선생님, 친구, 말없는 이웃들에 이르게까지 이루 헤아릴 수 없습니다.

그러나 대학에 들어가 한 분의 교수님을 만나 신앙을 갖게 된 일은 내 일생일대 은총이었습니다.

이제는 예전에 가졌던 열정이나 바람이 사그라졌습니다. 대신에 하늘이 저에게 주신 소명이 있을 것 같다는 생각이 문득 들었습니다. 여러모로 부족하고 약한 저를 지금껏 유지케 하시고 복된 삶을 기약해 주신 분께 보답해야 할 것 같습니다.

지금도 제 글을 애정과 염려의 눈으로 보아주시는 선생님이 계셔서 저는 행복합니다.

끝으로 늘 옆에서 격려해 주는 남편 테오필로 씨와 우리 아이들과 세 명의 손자들에게 이 책을 먼저 보여주고 싶습니다.

이 글을 쓰고 밖을 나가 보니 벚꽃이 눈송이처럼 피어 꽃비를 뿌리고 있었습니다.

2020. 4.

일산 덕이동에서

김옥진 비비아나

4 한 장의 카드

1

세월의

향기

'나 가수'

요즈음 일요일 오후에 나는 어김없이 TV 앞에 앉는다. 모 방송에서 펼치는 가수들의 한판 승부를 보기 위해서이다. 가수들이 자기의 실력을 걸고 표출할 수 있는 최고의 역량을, 무시무시하리만치 뿜어내는 열정을 느끼고 싶어서이다.

처음 이 프로를 대했을 때는 가수들에게는 묘한 반감을 주겠구나 하는 생각만 얼핏 들었다. 왜냐하면 이 프로 이름이 '나가수'이니 '나는 가수입니다'라고 당당히 말할 수 있을 능력을 보이라는 강요가 은연중 내포되었다고 느꼈기 때문이다. 그런데 그게 그리 열기를 띨 줄은 몰랐다

내가 생각하기에는 이 프로를 처음 만든 사람은 단순히

일상의 삭막함을 흔한 노래로 풀어 주고자 했던 것이 아닐까. 그러나 지금쯤은 그는 자기가 계획했던 것이 예측 이상으로 열기가 오른 것에 회심의 미소를 짓고 있을지도 모른다.

어찌 되었든 이 프로가 생긴 이후 많은 가수들이 긴장했을 것은 물론이고, 가수로서 자리매김하는 일이 더 치열해졌을 것이다. 이어 대중가요 전체에도 새바람을 불러 일으켰을 것이라는 예상이 된다. 이들 뿐이 아니라 감상자인 시청자나 청취자들도 그에 걸맞은 수준으로 끌어 올리는 효과까지 가지고 있는 것 같다. 모르긴 해도 그 치열함이 아마 다른 분야에까지 미치리라는 예상은 나만의 상상은 아닐 것이다.

노래는 인생이다. 가수는 그가 부르는 한 곡을 목소리로, 아니 온몸으로 청중을 데리고, 끌고 가며 속삭이듯 때로는 거세게 몰아치듯 절정을 향해 달음질친다. 우리는 그가 이끄는 대로 따라가다 보면 감동의 절정에 이르게 된다. 그 끝에는 사랑과 이별을, 한스러움을, 때로는 고독과 허무함에 아픔까지 맞닥뜨리게 한다. 인생의 희로애락이 녹아내리는 순간이다.

이 프로를 보다보니 부수적으로 알게 된 사실이 많은데, 가수 자신은 기본적으로 노래의 맛을 살리기 위해 여러 각도에서 엄청나게 노력하고, 가사가 지니는 깊은 의미를 살리기 위해 그의 음악적 감성을 총동원한다는 사실이다. 또한 곡의 이미지를 더욱 극대화하기 위해서 편곡자는 편곡 작업에 몰두한다. 그리고 그 곡에 열정을 불어 넣는 것 중에 하나가 반주일 텐데 어떤 악기로 어떤 음색을 누가 어떻게 소리 낼 것인가를 고민할 것이다. 한편 무대 장악을 위해서 안무와 퍼포먼스는 중요한 의미를 준다. 그 곡에 알맞은 안무와 퍼포먼스, 그날 방청객의 호응에 따라 무대의 분위기는 한 순간에 돌변할 수 있음에 다시 한 번 놀란다. 마지막으로 가수가 그날 입을 의상이며 이미지에 걸맞은 장신구도 세심하게 챙겼을 것이다. 최종적으로 무대에 서게 될 때는 가수 자신은 분장도 불사한다. 이렇듯 노래 한 곡을 부르기 위해서 가수 자신은 물론이고 그에 따른 숨은 공로자들의 고심과 노력이 배여 있음을 알 수 있다.

그 프로를 현장에서 보는 방청객은 또 어떤가. 보는 재미가 쏠쏠한 것은 바로 그들이다. 감동의 순간을 포착하는 카메라 기사들의 눈도 한몫을 더해 준다. 방청객들 중의 어느 한 순간 감동에 빠졌을 때의 표정을 어찌 그리 세세히 관찰하여 포착하는지…. 방청객 자신은 물론 상대방도 예측 못하는 찰나의 순간을 포착하는 것, 그것 또한 예술이다. 이렇듯 여러 각도로 연출해 내는 의도가 절절하게 느껴진다. 경력이 많은 노련한 가수들도 매 순간 떨며 그 절정의 순간을 위해 초조하게 준비하는 것을 보면 알 수 있다. 중요한 것은 열창의 그 순간이 가수로서의 인지도를 높이는 순간이기에 몸값과도 직결되는 시간이다.

총체적으로 방청객들과 함께 어우러져 품어내는 감동의 도가니, '나가수' 그 절정의 순간을 그 누구라도 느낄 수 있도록 만드는 것은 뭐니 뭐니 해도 연출자의 몫이다. 그는 이 모든 상황을 미리 예측하고 준비하며 주도했을 터이다.

물론 누구와의 대결로 노래에 등수를 매기는 일은 부당하다. 다만 대중들은 가수들이 지닌 음악적 역량을 최대로 끌어 올리려는 열정을 통해 순수한 감동을 우려내 주길 원한다. 그리하여 그 가수가 부른 노래가 삶에 지친 대중들의 마음을 조금이라도 어루만져 준다면 이 프로는 성공했다고 본다.

그러고 보면 감동은 노래뿐 아니라 모든 예술, 아니 사회 모든 분야가 지향하는 최종 목표점이 아닐까 한다. 그것을 이루어 내는 과정은 비록 다르다 할지라도.

이 프로를 보면서 나는 우리의 대선주자들이 연상되었다. 대통령이라면 아무쪼록 국민들에게 감동을 주는 일을 미리 예견하여 연출해 낼 수 있는 사람이어야 할 것이다. 진정한 감동을 끌어내기 위해서 자기가 가진 역량을 쏟아 각 분야에 걸쳐 합당한 정책을 창출해 내는 일에 온 힘을 다해야 할 것이다. 그러기 위해서는 여러 계층의 사람들의 마음을 제대로 읽는 일, 하나로 모으는 일, 그리하여 어느 한 지점을 향해 대다수가 즐겁게 매진할 수 있도록 이끌 수 있어야 할 것이다. 그런 의미에서 '나가수'라는 프로는 한 예가 되지 않을까. 스쳐 지나가는 생각이지만 이 프로를 보면서 나는 무엇을, 누구를 사랑한다고 하면서 그렇게 치열하게 노력하고 고심했는가도 반성해 보았다.

몇 주 전에 신청한 방청표는 언제 올는지…. 나도 그 현장에서 감동의 순간을 즐기면서 연출자의 의도에 일익을 보태고 싶다.

(〈에세이21〉 2015. 여름)

우리 집 그림 얘기

　우리 집에는 그림이 여러 점 있다. 내가 구입한 것은 극히 일부이고 대부분은 친정아버지로부터 받은 것들이다. 현관에 들어서면 제일 먼저 눈에 띄는 풍경화가 있는데, 이는 사십 육년 전, 아버지로부터 받은 결혼 선물이다.

　결혼 즈음에 아버지는 나를 앞에 앉히고 여러 가지 당부의 말씀을 하시더니 풍경화 한 점을 나에게 주셨다. 나는 소중히 받아들고 내 짐 속에 넣어 와 신혼집 벽에 걸어 놓았다. 그리고 세월이 흐른 지금까지 집에서 눈에 띄는 벽면에 걸어놓고 있다.

　어려운 시국 속에 봄을 맞는 이즈음, 새삼스레 이 그림을 보면서 생각에 잠긴다.

그 그림은 아버지가 아끼는 그림임을 이미 난 알고 있었다. 그 그림에 대한 설명을 여러 번 들은 덕분으로 그린 분은 아버지의 화가 친구로, 가깝게 지내시는 분이었다. 그분의 함자를 대면, 더구나 그분의 약력을 알고 나면 누구나 고개를 끄덕일 정도로 인지도가 높은 분이다. 그런데 그 그림 속 풍경은 아버지 해설로는 그분의 고향을 그린 것으로 모악산 풍경이라 하셨다. 화가 자신의 고향을 그린 것이지만 내가 낳고, 어린 시절을 보낸 곳이기도 하다.

　　그림 속 풍경은 멀리 산이 있고, 산 중턱에는 집들이 조그맣게 옹기종기 모여 있다. 그 앞으로는 밭이랑이 줄을 이룬, 잘 가꾸어진 밭에는 분홍빛 복사꽃이 무리지어 피어 있다. 좁은 산길도 나 있고 길옆으로는 나무들이 연둣빛 신록으로 피어나고 복사꽃 위로는 봄 아지랑이가 모락모락 오를 것 같은 평화롭고도 따뜻한 봄 풍경의 서양화다.

　　내가 자랄 때, 아버지는 퇴근하시면서 가끔 그림을 한두 점 들고 오시곤 했다. 그 그림을 한동안 거실 벽에 기대어 놓으셨는데 오며가며 우리 형제들에게 보라고 하셨을 뿐 강요하지는 않으셨다. 나는 그때 무엇이 그리 바빴는지 대충 훑어만 보고 그리 관심을 두지 않았다. 그러나 시간이 지나면서 무심히 지나쳤던 그 그림이 눈에 들어오기 시작했다. 어느 날은 그림이 나를 부르는 것도 같았다. 그리고 얼마 지난 후 아버지는 우리들에게 그림을 본 소감을 묻곤 하셨다. 서두르지도, 강요도 하지 않으셨지만, 나에게 변화가 오기 시작했다. 그리고 차츰 친근함으로 다가오며 그림이 눈에 더 들어오기 시작하면서 차츰 안목도 높아갔다. 그림에 대한 설명을 잘해 주신 아버지 덕이었다.

지금도 기억에 남는 말씀이 있다. 벽에 걸려있던 동양화 한 폭을 가리키시며 소치 그림으로 매우 귀한 그림이라고 하셨다. 그 분의 호가 소치인데 구한말의 화가로 임금님도 칭찬하여 손을 어루만져 주셨다고, 소치 선생은 임금님이 만져 준 손이라 하여 그 손을 붕대로 감고 한동안 지냈다는 일화를 들려주기도 했다. 또 서양화 한 점을 보시면서 이곳 배경이 미국 뉴욕의 센트럴 파크라고 하셨다. 그때는 미국을 가보지도 않아 실감이 나지 않았지만 후에 내가 뉴욕을 여행했을 때 일부러 센트럴 파크를 찾아간 동기가 되기도 했다.

아버지 덕에 차츰 그림에 대해 관심과 애정이 생기면서 소치, 미산, 남농으로 이어지는 운림산방에 대해서도 알게 되었다.

내가 중학교에 들어가 미술시간이 되었는데 미술 선생님은 우리가 그린 그림들을 칠판에 죽 걸어놓으시고 아버지가 우리에게 하셨던 방식대로 소감을 발표하게 하셨다. 난 익숙하여 집에서 하던 대로 좋았던 점을 발표하자 친구들이 박수를 쳐 주기도 했다.

아버지의 직업은 중앙부처의 공무원이셨다. 그렇지만 꽃과 나무를 유독 사랑하시고 살아있는 것들을 귀히 여겨, 우리 집에는 꽃과 나무뿐만이 아니라 동물도 많이 길러 복잡한 만큼 잔일도 많았다. 새끼강아지들, 어미 개, 고양이 심지어 어느 땐 비둘기까지 키웠는데 또 여기어 덧붙여 그림 사랑은 깊고도 남달랐다.

아버지는 예순아홉, 그때 내 나이가 마흔 중반에 있을 즈음, 생을 마감하셨다. 내가 교직에서 왕성하게 활동할 때였는데 그해 5월 어느 날 근무 중에 느닷없이 아버지로부터 처음 전화를 받았다. 아버지의 목소리가 예사롭지 않았다. 그로부터 병원생활이 시작되어 정확히 7개월간 투병하시다가 그해 12월에 운명하셨다. 그해는 내 인생에서 가장 슬픈 해가 된 것은 말할 나위도 없다.

병환 중에도 아버지는 나에게 소장한 그림에 대해 얘기를 꺼내셨다. "내가 수집한 그림은 출장비를 아껴서 모은 것이다."라고. 그리고 갖고 계신 여럿 그림을 언급하시며 그림의 가치도 말씀해 주시며 정리를 해야겠다고 하셨다. 그러시면서 그림은 전공한 이에게, 그게 누구라도, 거기엔 우리 형제가 아닌 그 누구도 주겠다는 의지가 담겨 있었다. 어느 누구 속에는 며느리도 포함된 것을 공고하시는 것도 같았다. 나는 아버지의 의중을 알기에 차마 그림에 관한 말은 입에 담지 않았다. 다만 아버지 처분만 기다렸다. 그러나 동생들은 남은 그림을 나누어 줄 것을 조르기도 했다.

　　평소에 아버지는 그림 전시회에 자주 가셨는데 어느 날은 그곳에서 천경자 화백을 만났다고도 하셨다. 화가들의 모임인 '목우회'에 대한 얘기도 자주 들려주셨는데 그곳은 전국의 유망한 화가들의 모임으로 그곳 전시회를 자주 찾아 교분을 쌓았다고, 그곳 화가들로부터 그들의 초창기 그림을 소개받아 가끔 구입도 하셨다고 했는데, 유망한 화가들의 초창기 작품은 비교적 저렴하게 구입할 수 있는 기회가 된다고, 그림 구입하는 방법도 일러주셨다.

　　나도 재직 중에 그림 한 점을 구입한 적이 있는데 같은 학교에 근무했던 미술 선생의 화가 친구의 초기 전시회에 갔다가 사게 되었다. 꽃바구니를 그린 정물화로 색감과 구도가 안정감을 주어 지금도 내 곁에 놓고 보고 있다.

또 한 점은 동생의 그림이다. 동생이 화가 지망생시절, 동호인전에 출품한 작품으로 사기 진작을 위해서 샀다. 그런데 지금 보아도 꽤 괜찮은 작품이다.

그 후 아버지는 급작스레 임종을 맞으셨고, 큰딸인 나에게 몇 가지 집안일에 관한 유언을 하셨다. 그런데 그림에 관한 말씀은 없으셨다. 그림을 정리하실 틈도 갖지 못한 채 바삐 눈을 감으셨다. 아버지 연세가 예순 아홉, 어머니는 그로부터 십육 년을 우리 곁에 계시다 가셨는데, 어머니도 어느 날 갑자기 병원에 입원하시자마자 혼수상태가 와 열흘 만에 훌쩍 떠나시고 말아 그림의 행방은 묘연하기만 했다.

어머니 장례를 마친 후 우리는 비로소 그림을 떠올렸다. 날짜를 정해 우리 형제 칠남매와 며느리 둘과 함께 어머니의 유품을 정리하기 시작했다. 집안을 두루 살폈으나 처음엔 그림을 발견할 수 없었다. 구석구석에 어머니가 공들여 쓰신 오래된 살림들, 장롱, 자개장이며 옷가지, 살림들만 눈에 띌 뿐이었다.

그런데 유품을 정리하던 중, 예견된 일이 벌어지고야 말았다. 구석진 창고 속에서 두꺼운 종이로 꼼꼼하게 싸 놓은 액자들이 줄줄이 나오는 게 아닌가. 아버지가 돌아가시자 어머니는 남은 그림들을 마대 종이로 싸서 창고에 깊숙이 싸 놓으셨던 것이다. 벽에 걸려 있던 액자며 족자, 동양화, 서양화 말고도, 유화 작품 스무 점 이상이 고스란히 나온 것이다. 우리 모두는 노다지를 발견한 듯 한동안 입을 다물지 못했다. 예상은 했지만 그 이상이었다. 생각해 보니 그 그림들은 아버지가 평생을 바쳐서 얻은 그야말로 보석과 같은 귀한 것들이었다.

박봉의 관리로 평생을 사시면서 우리 칠남매를 교육시키고 집안의 종손으로서 할 일을 다 하시느라 허리가 휘었을 터이신데 아버지는 그림에 대한 열정을 끝까지 잃지 않으셨던 것을 알 수 있었다. 아마도 그 열정이 아버지의 삶을 남다르게 만든 것이 아닐까 지금도 생각되어진다.

그러나 그보다 더 놀라운 일은 그 다음이었다. 어머니 장롱 위 서랍에서 허름한 신문지로 싼 두루마리 뭉치가 나왔다. 헌 신문지로 돌돌 말린 뭉치를 별 생각 없이 펴 보았다. 아! 거기에는 신문에서 오려서 수집해 놓은 문화재급 그림 뿐 아니라 세계적으로 이름 난 조각이며 불상, 도자기의 해설문이 쓰여 있는 낡은 신문조각들이었다. 어머니는 그 낡은 신문 뭉치를 버리실 법도 한데, 아버지가 얼마나 귀히 여기셨길래 아버지 가시고도 평생을 장롱 속에 고이 간직하고 계셨을까.

나는 두루마리 속 그림을 본 순간, 가슴이 뭉클해지며 무언가가 벅차올라 한동안 말문이 막혔다. 그동안 아버지가 그림에 대하여 얼마나 깊은 애정과 열정을 지니셨는지 증명이라도 하듯 당당한 실물이 나타난 것 같았다. 그 신문조각을 펼치니 사임당의 조충도, 불국사, 석불, 풍속화며 산수도, 동양화만이 아니라 발레 하는 소녀가 있는 인상파 화가의 그림들도 있었다. 색 바랜 그림과 함께 해설이 빼곡히 적혀 있었던 신문조각들. 대부분은 우리 신문의 문화면이 많았고 간혹 일본 신문에서 오려낸 것도 있었다.

나는 화가인 동생에게 그 뭉치를 정리해 놓을 것을 명령(?)했다. 큰딸로서 비록 신문조각 그림이지만 아버지 유품으로 꼭 남겨야 될 것 같았다. 아버지의 숨결이 스며있는 것이기에 그 어떤 그림보다 귀하다고 여겨졌기 때문이다.

우리 형제들은 신문조각 그림들을 앞에 놓고 한동안 말없이 눈물만 흘렸다.

아버지는 화가가 되고 싶으셨을까. 그보다 그림에 대한 애정과 열정을 평생 간직했다는 점이 가슴을 울린다. 우리들에게 비록 재물은 남겨주지 못하셨지만 그림뿐만이 아니라 인생을 풍요롭게 살아가는 법을 당신의 삶의 모습으로 보여주신 것이다.

세월이 흐를수록 아버지를 향한 그리움과 존경심은 깊어만 간다. 지금쯤 모악산 기슭의 복사꽃 마을에는 아지랑이가 피어오르고 있겠지.

(2020. 3.)

감사 공부

수필은 내가 가장 힘들었을 때, 구원처럼 다가왔다. 교직 생활을 하면서 세 아이를 키우고, 대가족과 어울려 사는 일이 버겁기만 하던 시절, 나는 무엇인가에 위로를 받고 싶었다. 그것은 바로 책을 읽고 글을 쓰는 일이었다.

그러던 차에 매주 보던 가톨릭신문에서 '수필에 관심이 있는 분'이라는 기사가 눈에 들어왔다. '수필'이라는 단어를 보는 순간, 눈이 번쩍 띄었다. '아, 이것이다'하는 생각이 나를 흥분에 들뜨게 했다. 알고 보니 그것은 수필에 일가견이 있으신 신부님이 수강생을 모집하는 기사였다.

그 신부님은 경상도에 계셨는데 한 달에 한 번 상경하여 수필에 대한 강의를 하고는 당일로 내려가셨다. 도시별로 회원이 있어 매달 전국을 하루씩 돌며 강의를 하셨는데 강의록을 신부님이 직접 만들어서인지 내용이 독특하고 참신했다.

그런데 자세히 보니 수필 쓰는 공부에 대한 부분은 별로 없고 기도의 생활화가 주된 내용이었다. 나는 수필을 배우고 싶은 마음에 들어갔는데 기도하는 생활습관부터 익혀야 한다는 것이 조금 아쉽기는 했지만, 그러다 보면 차차 수필도 가르쳐 주시겠지 하며 잠자코 따르기로 했다.

첫 달에는 하루에 감사기도를 열 번 하는 것으로부터 시작했다. 그러나 날로 그 횟수는 기하급수로 늘어났다. 매일 감사할 일이 무엇이 있을까 하는 생각을 하면서도 신부님이 하라시는 대로 따라야만 했다. 신부님은 나중에는 우리에게 백 번, 아니 천 번의 감사기도를 하라고 시키셨다.

비가 와도 감사하고 하늘을 보고도 감사하고 심지어는 교통사고를 당해도 감사해야 한다고 하셨다. 그것이 신부님이 내주신 수필반의 첫 번째 과제였다. 그러다 보니 기도 횟수 채우는 일에 급급하느라 수필공부는 아예 뒷전으로 밀려났다. 어쩌다 마음먹고 두 달에 한 편 정도 수필을 써서 우송하곤 했으나, 그것도 나중에는 흐지부지되고 말았다.

신부님은 보내드린 원고를 꼼꼼하게 고쳐 보내주시기는 했지만, 내가 기대하는 것과는 다른 것이었다. 내가 원했던 것은 문장을 바로 잡아 준다든지 잘된 곳이 있으면 칭찬해 주기를 바랐는데, 신부님은 기도 생활에 초점을 맞추어 생활 전반에 걸친 조언만을 해 주셨기 때문이었다.

나는 애초에 수필을 배울 욕심으로 갔다가 기도하는 습관을 배우게 된 셈이지만, 어느 사이 기도는 수필을 잘 쓰는 것 이상으로 내게 행복과 위안을 준다는 사실을 알게 되었다. 신부님은 우리 생활 자체가 곧 수필인 만큼 남에게 감동을 주는 삶을 살아야 좋은 수필을 쓸 수 있음을 먼저 가르치려 하셨는지도 모른다.

그즈음 나는 날마다 대하는 사람들로 인해 갈등과 우울함에 빠질 때가 많았다. 그럴 때마다 신부님의 기도 숙제를 생각해 내어 횟수 채우기를 시도해 보았다. 그런데 습관적으로 읊조린 그 감사기도가 어느 틈에 내게 생기를 불어넣어 주고 있었다. 그것은 참으로 놀라운 변화였다. 하루의 반을 학생들과 생활해야 하는 교사로서 나는 기도 횟수 채우는 일로 아이들과 더욱 가까워졌다. 내 작은 기도 덕분인지 반항적인 아이들이 순해지기 시작하는 놀라운 변화도

맛보게 되었고, 또 불만이 많았던 내 가정생활에서도 감사할 일들이 점차 눈에 띄게 되었다.

그렇다고 이내 내 생활이 감사의 생활로 충만해진 것은 아니었다. 그러나 확실히 달라진 것은 움츠려 있던 내 삶의 모습이 점차 활기를 되찾으며 적극적으로 변해 가고 있다는 것과, 어려움에 부딪혔을 때도 기꺼이 맞아들이는 자세를 가지게 되었다는 점이다. 또 나아가 그 어려움이 어쩌면 나에게 주시는 축복의 다른 형태일지 모른다는 확신마저 갖게 된 것이다.

신부님의 수필 강의는 나에게 세상을 따뜻하게 바라보는 시선과 진정한 아름다움과 진실이 무엇인지를 알아 볼 수 있는 눈을 갖게 해주셨으며, 무엇보다도 수필을 쓰는 마음 밭을 곱게 일구어 주셨다. 아쉽게도 나는 신부님의 수제자는 못 되었다. 그러나 내 마음 밭에 심어 주신 믿음의 씨앗이 언젠가는 수필이라는 열매로 맺어지기를 간구할 따름이다.

매사에 감사하는 마음을 갖고 산다는 것은 지금도 결코 쉬운 일은 아니다. 그러나 그것이 곧 삶의 수련이며 수필을 잘 쓸 수 있는 지름길임을 이제야 조금 알아가는 것 같다.

내 삶에서 진정으로 감사할 일들이 많음을 깨닫게 될 때,
나는 비로소 수필의 문턱을 넘어서게 되지 않을까.

오늘도 컴퓨터 앞에서 감사의 기도부터 드린다.

(2003. 5.)

곳곳에 천사를 배치하시고

지나간 일이지만 그때를 생각하면 지금도 아찔하다. 하마터면 국제미아가 될 뻔했기 때문이다.

선생님과 문우 몇이서 미국을 여행하며 생긴 일이다. 여행을 마치고 일행은 곧바로 LA공항으로 가고, 나만 따로 떨어져 큰딸이 사는 캐나다로 가야만 했다.

혼자 캐나다행 공항으로 갔는데, 웬일인지 공항이 한산하고 사람이 뜸했다. 북적거려야 할 공항이 한산하기 그지없었다. 말은 통하지 않아 물어볼 수도 없고 이리저리 눈치만 보고 있는 난처한 지경, 그런데 어떤 분이 지나가는데 한국사람 같은 인상이었다. '헬프 미'를 연발하며 다가갔는데 다행히 그는 한국인 캐나다 교포였다. 그런데 그도 나와 같은 처지였다.

공항에서는 이미 결항소식을 톱뉴스로 여러 번 공지했는데 듣지 못한 것이다. 뉴욕의 발전소가 고장이 나서 언제 비행기가 뜰 수 있을지 불확실하다는 것이다. 그래서 공항을 일시 폐쇄시키는 관계로 비행기도 뜰 수 없다는 소식이었다. 뉴욕의 발전소가 고쳐질 때까지 언제가 될지 모르고 마냥 기다려야 한다는 것이다. 그러니 일부 여행객에게는 환불조치를 해주고 캐나다로 가야 할 여행객들에게는 하룻밤을 묵을 호텔을 지정해주고 숙식을 할 수 있도록 조치를 취했다는 것이다.

뒤늦게 소식을 알게 된 나는 정신이 아찔해졌다. 이 소용돌이 속을 나 혼자 헤쳐 나갈 생각을 하니 막막했다. 그 순간 나는 번쩍 정신이 들었다. 그리고는 화살기도를 드렸다. 바로 그때 그 캐나다 한국교포가 나타난 것이다. 그분의 이름이 제임스 영이라는 분이었는데 그도 이 소식을 모르고 공항에 왔던 차였다. 나는 이분 덕에 공항에서 지정해준 호텔을 셔틀버스로 안내 받아 갈 수 있었고, 내 방까지 정해 주는 친절을 베풀어 주었다. 정말 천사가 나타나 나를 구해 준 느낌이었다.

다음 날 공항은 만원이었다. 비행기가 언제 뜰지 귀를

곤두세우고 들어야 하고 비행기 뜨는 곳도 수시로 바뀌어 혼잡한 상태에서 우왕좌왕 하는데, 또 어떤 한국인 부부가 가까이 다가와 나를 안전한 곳으로 이끌어 한 곳을 지정해 주었다. 또 면세점 주인이 나를 보고 한국 분이 아니냐고 한다. 오늘 잘못하면 큰 실수를 할 수 있으니 이 안에서 기다리라고 하며 외국 분을 나에게 소개시켜 준다.

새벽부터 이리저리 헤매면서 기다리다가 오후 2시가 지나서야 게이트가 정해져 겨우 이동했다. 그러자 면세점 주인이 도움을 요청했던 친절한 신사는 어느 새 나타나 나를 보며 '마담 프리즈'를 연발하며 안내해 준다. 그는 내 좌석에까지 따라와 짐을 짐칸에 올려주고야 갔다.

LA 공항에서 일행과 헤어진 지 1박 2일 만에 캐나다행 비행기를 탈 수 있었다. 그 길고도 막막했던 시간, 나는 천사를 몇이나 만났는지 모른다. 내가 헤맬 때마다 곳곳에 천사를 배치해 놓으셨다는 확신이 들었다. 감사의 기도가 절로 나왔다.

지금도 삶의 고비고비마다 천사를 보내어 위기를 넘게 해 주시는 주님, 고맙습니다.

(천주교의정부교구 주보, 삶의 향기, 2017. 2. 5)

나를 설레게 하는 것

퇴임한 지도 벌써 십여 년이 된다. 퇴임 전에 생각했던 내 인생의 열차가 지금도 잘 달리고 있나 자문해 보곤 하는데 허탈함에 빠질 때도 있다.

그동안 나를 지탱해 주었던 것이 무엇이었으며 앞으로의 삶은 또 어떻게 살아갈 것인가 등등의 생각을 하는 시간이 많아졌다. 한 치 앞을 내다볼 수 없는 인생이지만 전체적인 계획은 있어야겠고, 내가 짊어져야 할 짐은 기쁘게 지자고 다짐하면서도 어느 땐 미로 속을 헤매는 것 같은 느낌으로 마음이 무거워져 잠을 설치곤 한다.

서울에 볼 일을 보고 오다가 마을버스로 갈아타려는데 그날따라 차가 오지 않아 택시를 탔다. 택시 문을 열고 자리에 앉자마자 어서 오시라는 기사 분의 말소리가 피곤한 중에도 상쾌하게 들려왔다. 기사 분이 건넨 인사말이 별반 특이한 것도 아니었는데 이상하게도 기분이 가벼워졌다.

거울에 비친 기사는 검은 테 안경에 머리는 희끗희끗한 노신사 분이었다. 입가에 미소를 띤 점도 그렇고 목소리에 담긴 느낌이 상큼하다고 할까, 오랜만에 만나는 기분 좋은 기사 분이었다. 나는 반사적으로 피곤함도 잊은 채 좋은 일이 있으시냐고 되물으며 인사를 받았다.

"실은 오늘 집에 손자가 오는 날이거든요."

그 한 마디 속에는 노인답지 않게 기뻐서 어쩔 줄 모르겠다는 심정과 함께 경건함이 느껴질 정도의 진지함이 묻어났다. 이어

"손님을 모시고 난 다음 저는 바로 집에 가서 면도도 하고 목욕도 하고…, 첫사랑을 만나러 가는 심정입니다."

기사 분이 예상치 않은 말을 쏟아내고 있었다. 직전에 느꼈던 상큼함이 이해가 되며 그 모습이 하도 신선해서 나도 바로 말을 앞질렀다.

"지금 몹시 설레시죠?"

그 기사 분은 내 말에 조금 놀란 듯 지체하다가, 어쩜 그리

자기 마음을 꿰뚫어보느냐고 오히려 반가워하였다. 나는 그 말을 던져 놓고 그 심정을 잘 알겠노라고 맞장구까지 쳐 주면서 슬며시 나도 세 명의 손자가 있는 할머니라고 밝혔다. 좁은 택시 안의 공간이 순간, 손자를 사랑하는 할배 할미의 마음으로 넘쳐나 다른 어떤 화제도 끼어들 틈이 없었다. 손자들이 어쩌면 그리 예쁘냐고 감탄하는 동안 택시는 목적지에 도착하고 말았지만, 차문을 닫고서도 한동안 손자를 대한 듯 내 입가에 미소가 지어졌다. 그러면서 무거웠던 내 기분도 가벼워지며 나도 기사 분을 닮아가는 것 같았다.

곰곰이 생각해 보니 젊었을 적에는 누구를 만나든 무슨 일을 하든 앞날에 대한 불확실함으로 고민은 있었지만 설렘으로 가득 찼던 것 같다. 나이를 먹는다는 것, 노인이 되어가는 과정은 결국은 용기가 줄어가고 활기도 잃어가며 타성에 젖어가는 것이 아닌가 여겨지며, 소싯적에 가졌던 설렘을 조금씩 잃어가는 것이라는 생각이 든다.

우리 집처럼 식구 두 명의 평균 연령이 70이 넘는 사람들이 함께 살다보면 웃을 일이 별로 없을 뿐더러 마음 설렐 일은 더더구나 드물다. 참고로 올해로 100세가 되시는 어머님이 계셔 그리 높아질 수밖에 없다.

그런데 아들과 며느리, 딸과 시위가 오는 날은 그야말로 웃음꽃이 피는 날이다. 그들이 도착한다는 기별이 오면 나는 가슴부터 두근거려 가만히 앉아서 기다리질 못한다. 당연히 손자를 만날 일 때문이다. 주차장까지 미리 마중을 나갈 수밖에 없다. 그야말로 애인을 만나러 가는 심정이다. 집안은 오랜만에 활기를 찾는다. 이 날은 우리 식구들의 표정이 어김없이 달라지며 어린 손자의 얼굴과 닮아가는 기현상도 일어난다. 하루가 다르게 향상되는 손자의 말재간이며, 나날이 커가는 고사리 같은 지혜를 보는 것만으로도 힘을 얻는다. 손자는 한 집안의 공기를 바꿔주는 중요한 존재이지만, 동시에 노년의 삶에 생기를 안겨주는 중요한 요소라고 말하고 싶다.

　그런데 사실 나에겐 또 다른 활력소가 있다. 다름 아닌 지금 글을 쓰고 있는 이 일이다. 다행히도 내 가슴을 뛰게 하는 일이 하나 더 남아 있는 셈이니 얼마나 다행인가.

　책을 읽고 글을 궁리하며 엮는 일, 물론 고통을 동반하는 일이지만 이 일은 긴 겨울 끝에 핀 우리 집 난 꽃에서 풍기는 향기만큼이나 내 마음을 설레게 해준다.

(2019. 12. 2)

세월의 향기

지난 연말에 가까운 주민 센터에서 뜬금없이 전화가 왔다. 시어머님의 연세를 확인하는 전화였다. 이어 어머님의 연세가 구순도 중반기에 이르렀다고 이곳 지방신문 기자가 인터뷰하러 오겠다고 한다. 당연 취재의 목적은 장수하는 어머님과의 대담이었다. 겨울비가 오는 날 찾아온 여기자는 어머님과 나를 번갈아보며 대뜸 어머니와 내가 모녀 사이냐고 묻는다. 최근 들어 이 말을 심심치 않게 듣곤 하지만 아니라고 말하자, 오래 사셨군요. 하면서 함께 산 햇수를 묻는다.

새삼스레 어머니와 내가 함께 산 햇수를 헤아려 보았다. 짧지 않은 세월임에 틀림이 없다. 이렇게 신문에 날 정도로 어머니가 장수하고 계신 셈인데 대담 후 바로 다리를 쓰지 못하는 불상사가 일어났으니 다름 아닌 고관절 노화였다.

이 병의 치료를 위해서 요즈음 나는 어설픈 간호사 노릇을 하고 있다. 아침마다 어머님의 복부에 주사를 놔 드리고 초음파 기기를 20분간 켜놓고 아픈 부위에 작동을 시켜 드리는 일이다. 간호사처럼 전문적인 기술이 있어야 하는 것은 아니고 보통사람이면 한 번으로 족한 교습인지라 그리 어려운 일은 아니다. 어설프지만 한 달이 넘어가자 병세에 차도를 보이신다. 놀랍게도 두 다리를 쓰지 못하다가 무엇인가에 의지하고 설 수 있으니 그것만으로도 얼마나 다행한 일인지 모른다.

교직에 있었을 때 일이다. 스승의 날에 나에게 상을 준다는 것이다. 그 상은 다름 아닌 효행상이었다. 이 상의 의도는 당연히 부모님께 효도를 하는 교사에게 주는 것이고, 장려하는 것이었기에 솔직히 받기가 부끄러웠다. 그동안 나는 효성스런 며느리라고 생각해 본 적도 없고 오히려 시부모님께 도움만 받고 살았기 때문이다.

그날 퇴근하는 남편에게 이러이러한 상을 받게 될지도 모른다고 말하면서 받지 않겠다고 말하자 남편은 의외로

나에게 용기를 주었다

"응, 당신 받아도 돼."

나는 남편에게 왜 그리 생각하느냐고 물어보기도 멋쩍어 그냥 지나치고 말았지만 남편의 그 한마디가 용기를 갖게 했다. 교직 생활을 하면서 3남매를 키우는 데 시부모님의 전폭적인 도움을 받았고, 시누이들이 여럿 있어 집안은 늘 북적여 도우미를 곁에 두고 살았지만 시부모님은 나를 지탱해 주는 버팀목이었다.

상을 받고 얼마 지난 후 수상하게 된 진짜 이유를 알고 보니 내가 근무하던 학교의 교직원들 가운데 나만큼 시부모님과 오랜 시간을 함께 산 교사가 없었다는 것이었다. 그 당시는 오래 살았다는 명목이 상 받을 이유가 되나 의아해했지만, 그 후로 생각이 조금씩 달라져 갔다.

그동안 어머님과의 일들은 아주 많지만 지금도 기억나는 일은 추운 겨울 아침, 출근을 하려고 문밖에 나왔을 때의 일이다. 강추위로 자동차 문이 열리지 않아 겨우 열었는데 이제는 바깥에서 닫히질 않는다. 출근 시간은 임박해 오고 어찌할까 발을 동동거리며 난감한 지경에 이르렀을 때, 불현듯 나는 급히 어머니를 부르며 도움을 요청했다. 내가 운전대를 잡고 앉아 있는 모습과 문이 반쯤 열려 있는 것을 보고 어머님은 영민하시어 어느 새 사태를 파악하시고 바깥에서, 자동차 문에다 넓은 스카치테이프를 붙여주시는 게 아닌가. 추운 겨울이라 문틈의 물기가 얼어붙어 차문을 억지로 연 탓에 문이 닫혀지질 않은 것을 미리 알아차리고 어머니는 벌써 내가 염려하는 바를 단번에 꿰뚫고 계셨던 것이다.

하마터면 지각할 뻔했는데 무사히 정시에 도착할 수 있었던 것은 순전히 어머니와 나와의 말없는 교감 덕분이었다. 그것은 오랜 시간을 함께한 사람들 사이에서만 통하는 촉각 같은 것이라고나 할까. 자연 자동차는 달리는 동안 열을 받아 정상으로 돌아왔고, 문 바깥에 붙인 테이프는 학교에 도착해서 떼어냈다.

그동안 어머님과 함께 살면서 큰일로는 시아버님과 이별하는 아픔을 함께했고, 세 명의 시누이들을 출가시키는 현장에 있었으며 또 우리 애들 삼남매의 혼사도 치러냈으니 세상에 그 어떤 무엇이 이와 견줄 수 있을까. 몇 년 전 퇴임하면서 지난 일들을 생각하며 어머님께 보답하는 마음으로 학교에서 받은 금액 중에서 적지만 얼마를 드린 적이 있었다.

올해는 정확히 어머님과 함께 산 햇수와 내가 학교에 머물렀던 기간이 같은 연수가 된다. 그래서인지 퇴임 때 받은 책장 속 훈장을 바라보는 감회가 좀 특별하다. 학교에서 근무한 햇수와 집안에서 어머니와 함께 산 시간과는 물론 성격은 다르더라도 요즘처럼 하루가 다르게 변해가는 세상 풍속 속에서 어머님과 오랫동안 얽혀 지냈던 순간들이 이제는 귀하게만 여겨진다. 그것은 내 삶의 고비마다 함께 겪었던 기억들을 공유한 탓에 쌓여 간 연민이 크기 때문일 것이다 더불어 평생을 함께한 동반자이기에 이제는 당신의 마지막 자리를 지켜드려야 할 의무감과 함께.

그러나 이제는 40년 가까운 세월 동안의 여러 이야기들이 묵혀져 향기로운 추억이 되었으면 하고 바란다. 그리고 남은 나날 동안 작은 후회라도 남기지 말아야 되겠다고 다짐해 본다.

⟨에세이21⟩, 2013. 겨울)

눈이 오던 날

오늘은 유난히 추위가 매섭다. 그러더니 점심때가 되자 기어이 눈이 내렸다. 창밖으로 쏟아지는 눈발을 무심히 바라보고 있는데 탁자 위에 놓인 손전화에서 신호가 울린다. 뜻밖에도 아들에게서다. 메시지엔 단 한 문장 "엄마 뭐해요?" 평소 과묵한 아들의 얼굴이 스쳐간다.

순간 감동이 눈처럼 내려와 내 마음을 덮는다. 이 순간, 직장 사무실에서 눈이 오는 광경을 보면서 고맙게도 엄마를 생각해 주다니… 가슴이 훈훈해진다.

언제부터인가 눈 오는 날의 낭만을 잊고 지낸 지 오래다. 내 삶이 팍팍해져서인지 그동안도 눈이 오는 날이 많았을 것인데 무심히, 아니 교통난을 앞세워 오히려 심란한 마음으로 지낸 것 같다. 어느 시절에는 눈이 내리면 만나고 싶은 사람도 있었고, 눈이 온다고 전화를 걸어주는 이도 있었는데.

흩날리는 눈발을 보고 있자니 새삼 어릴 적 눈 풍경이 떠오른다. 한해 끝자락이라선지 요즈음 들어 어릴 적에 살았던 작은 집도 꿈속에 등장하고. 그 시절에 배웠던 국어교과서의 문장도 생각난다.

눈이 왔어요. 하얀 눈이 왔어요.
초가지붕도 하얗고 기와지붕도 하얗고
소복소복 쌓였어요. 장독 위도 쌓였어요!

이런 날 아침은 삽살개가 유난히도 날뛰었다. 엄마는 공작 털실로 짠 스웨터 속에 겹겹이 속옷을 입혀주었고 외할머니가 떠준 모자도 쓰고 온통 털실로 둘러싸여 학교에 갔다. 그래도 추워서 바르르 떨면서 집에 오면 줄 달린 벙어리장갑 속에서도 곱은 내 손을 엄마는 허리춤에 넣어 녹여주곤 했다. 그 후로 눈에 관한 아름다운 추억은 사라진 것 같다.

어느 해 어떤 사람을 만난 적이 있다. 오래 전 시아버님이 돌아가신 해에 만났던 방지거 씨이다. 본 이름보다 세례명

방지거로 더 통하는 분이었다. 그는 내가 다니던 성당의 교우였는데 날개 없는 천사라는 별명을 가진 분이었다. 성당의 궂은일은 도맡아 하던 분으로 연령회 일도 맡고 있었다. 연령회란 돌아가신 분의 입관 및 출관예절 등 여러 상장 일들을 도맡아 해주는 부서이다. 우리 집 장례일도 성심껏 맡아 해 주고 그 절차 하나하나에 정성을 기울여 주었다.

그때 처음 당하는 상이어서 장례절차로 허둥대던 우리에게 친절하게 길잡이 역할을 해 주는 등 여간 도움을 주신 분이 아니었다. 그 후 방지거와 남편은 자연 가까워지고 서로 나이도 엇비슷하여 또래 친구가 되었다. 방지거 씨가 그 해 첫눈이 오는 날 뜻밖에 전화를 걸어 왔다. 동네 찻집에서 만나 차도 마시고 저녁도 먹게 되었다. 그러면서 소년처럼 굳은 언약식을 가졌다. 매년 첫눈이 오는 날 우리 만나자고, 그는 어려운 가운데도 여유가 느껴졌다. 그는 한마디로 이 시대의 마지막 로맨티스트였다고나 할까. 외모도 준수하고 마음씨는 그보다 더 비단결이었다. 신덕이 깊어 성당 신자들에게 늘 귀감이 되었는데 그런 그가 그 다음 다음 해, 불귀의 객이 되고 말았다.

산에서 쓰러져 경찰의 도움으로 시신을 찾았다는 것이

다. 그가 개인적으로 많은 아픔을 지니고 있던 것이 알려졌다. 외부로 알려진 사실로는 다니던 직장을 그만두고 새 사업을 시작했는데 혼자서 가슴을 앓다가 그것도 실패로 끝났다는 것이다.

그러나 어디 그것뿐이겠는가.

슬하에 남매가 있었고 그의 아내 착한 베로니카도 있었는데, 그가 세상을 뜬 것은 정말 현실의 벽을 끝내 넘질 못했던 것일까. 가엾은 방지거, 그의 죽음에 대해서 많은 말들이 떠돌았다. 스스로 목숨을 끊었다느니, 급성심장병이라느니, 그러나 나는 그의 죽음이 결코 교회법을 어기진 않았을 것이라 믿고 싶었다. 그에 대한 나만의 믿음이 있었기에 그리 생각했는지도 모른다.

이웃을 사랑하고 가족을 부양하려 애썼던 방지거를 본당 신부님도 애달파 하시며, 누가 무어라고 하든 교회법 절차에 따라 정성껏 장례를 치러 주었다. 그때가 눈이 오는 초겨울이었다.

그는 눈이 온다고 하여 차 한 잔을 권해오던, 마음이 따뜻하고 순수함을 잃지 않았던 분, 눈이 오던 날 그가 안타깝게 세상을 마쳤기에 눈이 오는 날이면 내 기억 속에 여전히 살아나 애달프게 한다. 그 후 몇 년이 지나 그의 아내 베로니카도 시름시름 앓더니 슬그머니 남편 곁으로 가고 말았다. 남매만 남겨 둔 채로.

이들을 떠올리면 한 사람의 생애가 그렇게 순식간에 흔적 없이 사라질 수 있다는 사실에 전율을 느낀다. 그러기에 이승이 끝이 아님을 더욱 믿고 싶다. 내 바람일지는 몰라도 이 부부는 아마 하늘나라에서도 불쌍한 영혼들을 돕고 있을 것만 같다.

생각해 보면 지금 이 순간에도 방지거와 같은 우리 이웃들이 생활고에 시달리다가 세상을 등지려고 하는 사람도 있을 것이다. 만약에 이 눈발이 성경에 나오는 '만나'라는 양식이라면 하고 잠깐이나마 상상을 해 본다. 순간 얼마나 좋을까. 이런 날 가난한 이웃들이 잠깐이라도 삶의 고단함에서 벗어날 수 있었으면 한다.

흩날리는 눈발을 바라보며 잊었던 사람들을 떠올린다. 아들이 띄워준 문자에 어설픈 낭만을 실어본다.

어둠 속에서도 눈발은 여전히 거세기만 하다.

* 만나 : 구약성서에 나오는 하늘에서 내리는 일용할 양식

(2018. 11.)

나는야 구데렐라

퇴임한 지도 수년이 지났건만 요즘도 여전히 아침저녁이면 바빠 서둘게 된다. 아침시간에 맞추어 시어머님을 '할머니 유치원' 차에 태워드려야 하고. 저녁에도 오시는 시간에 맞춰 마중을 나가야 하기 때문이다.

어머님이 매일 가시는 곳은 정식 이름으로는 '안토니아 실버 케어'라고 하는 곳으로 안토니아는 성녀 이름이다. 치매나 다른 장애로 불편을 갖고 계시는 어르신을 위한 주야 보호 재활시설이지만 사람들에게 나는 할머니 유치원이라고 쉽게 말해 준다. 그것이 이해를 돕는데 훨씬 낫다. 모 수녀원에서 운영하고 있는데 어머님과 종교가 같고, 집에서 멀지 않아 수월하게 다닐 수 있다.

어머님의 올해 연세가 98세, 내년이면 백수가 되신다. 지팡이나 가끔은 휠체어에 의지하긴 하나 아직 혼자서 걸으실 수 있고, 화장실 출입도 자유로우니 할머니 유치원에 다니는 데는 별 지장이 없으시다. 그러나 챙겨야 할 것들은 많다. 가시기 전에 드시는 약은 잡수셨는지 확인해야 하고, 거울을 보고 얼굴이며, 머리도 가다듬으신다. 전날에는 날씨에 맞게 입을 옷도 챙기고, 신발도 신을 만한 것으로 준비한다. 호주머니에는 아파트 키며 주민등록증도 넣는다. 참 틀니도 있다. 중요한 사실은 이 모든 문제를 스스로 하신다는 점이다. 며느리인 나는 확인만 하면 된다. 그리고 현관문을 나서기 전에 지팡이를 손에 들려 드리는 것만은 내가 해 드리는 일이다.

그리고 24층에서 엘리베이터를 타고 어머니와 단 둘이 내려온다. 마침 그 시간대가 되면 학생들이 하나 둘 타고, 아기들과 그 엄마들이 연신 타니 엘리베이터 안이 아이들과 젊은 엄마들로 꽉 찬다. 학생과 아이들 틈에 있는 두 노인(?)도 아침대열에 합류하는 것 같아 순간 마음이 들뜨기도 한다.

엘리베이터에서 내려오면 아파트 앞 도로에는 노란색 차

들이 늘어서 어린 아이들을 기다리고 있다. 젊은 아기 엄마들이 가방을 하나씩 둘러메고 어린아이 손을 잡고 부지런히 차 앞으로 간다. 그러면 어느 새 차문이 열리고 유치원의 선생님들이 반갑게 아이들을 맞으며 인사를 건넨다. 잠깐 사이지만 먼 길을 떠나는 양 헤어짐이 간곡하다. 바로 이 시간에 우리 손자도 며느리도 저런 모습이려니 하고 물끄러미 보고 있는 사이 흰색의 어머님을 위한 차도 스르르 내 곁으로 다가온다.

아침마다 이 흰색 차를 기다린 지가 벌써 3년이나 되고 보니 주위에서 이곳에 대해서 많이들 물어오고 있다. 주위에 갈수록 노인문제가 심각하게 다가오고 있는 것을 피부로 느낀다. 이럴 때면 마치 내가 이 시설의 홍보대사인 양 설명을 해준다.

그곳 봉사자들이 얼마나 친절한지, 어머님이 처음 가셨던 날에 한 말씀이 지금도 생생하다. '천국이 여기인 것 같다'고. 몇 년이 지난 요즈음도 그 마음은 여전하신 것을 보면 경영하는 원장 수녀님과 봉사자들의 한결같은 마음이 느껴진다.

얼마 전 어머님을 배웅하고 오는데 우리 옆 동에 어린이 집, 정문 앞에 동화책들이 늘어 놓여 있었다. 가까이 가서 보니 누구든 가져가라고 쓰여 있다. 어린이 집에서 애들이 보던 묵은 책들을 정리하는 것 같았다. 가끔 자고 가는 일곱 살짜리 손자가 생각나 둘러보다가 할머니 옛날얘기로는 성이 안차는 손자 녀석이 좋아할만한 것을 골랐다. 그런데 엉뚱하게도 신델레라 공주 그림이 있는 책에 손이 간다. 잊었던 동화 속 이야기가 잠깐 떠오르며 신데렐라가 마법이 풀리기라도 할까봐 부랴부랴 집으로 향하는 장면이 요 근래의 내 모습과 겹쳐온다. 비록 나이가 많은 구(?)데렐라이지만.

그래서 요즈음도 해가 서쪽으로 기울 때면 내 가슴은 콩닥콩닥 뛰기 시작한다. 외출이라도 하는 날에는 볼일을 보다가도, 모임에서 친구와 꿀맛 같은 대화를 나누다가도 불현듯 내 행동을 마감해야 하는 순간들이 다가옴에 초조해진다. 어머님의 모습이 떠올라 가만히 앉아 있을 수가 없다.

솔직히 아침에 어머님을 봉사자에게 부탁하고 나면 하루가 한결 자유로운 것은 사실이다. 집안일 하는 것도 그렇고 외출할 일이 있을 때면 어머님 점심 걱정으로부터 해방되니 마음이 가벼워진다. 그런데 그곳 '안토니아 실버케어' 수칙이 어르신을 맞이하고 보내는 일은 별일이 없는 한 보호자가 동행해야 한다는 점이다. 그래서 늘 집 앞 5분 전이면 전화로 알려주고, 도착 5분 전에 기별을 준다. 그래서 외출을 했다가도 저녁시간이 임박해 오면 마음이 늘 바빠져 스스로 구데렐라가 된다. 마법이(?) 풀리기라도 하면 어쩌나 하고. 유리 구두는 신지 않았어도 발길은 빨라진다.

생각해보면 그동안 어머님과 함께한 세월이 사십 년이 훨씬 웃돈다. 친정어머니와 산 세월의 무려 두 배가 되어간다. 참으로 예사롭지 않은 인연이다. 그런데 어머님도 이제는 많이 변해서 최근엔 나를 우울하게 하는 일이 잦다. 어머님의 겉모습만 변한 것이 아니라 심성도 예민해지셔서 나를 당황하게도 하고 화도 나게 할 때가 있다. 그럴 때면 눈을 감고 나를 사랑하는 분의 말씀을 떠올린다. '보속을 하는 거라고.' 천주교에서 말하는 천국을 가기 위한 희생 봉사로 여기라는 것일 게다. 그리고 어머님과 좋았던 기억을 되살린다. 우리 애들을 길러주고, 젊었을 적에는 내 빈자리도 채워 주시어 오늘까지 건재케 하니 한없이 고마우신 분이라고.

얼마동안이나 구데렐라 노릇을 할지 모르나 천명을 다하시는 그날까지 이 노릇을 계속한들 어떠랴. 선종하는 그날까지 두 발로 다니시다가 하느님이 부르시어 고요히 가신다면 얼마나 큰 축복이랴.

안토니아 성녀님께 내 소원을 빌어 본다.

(2017. 10)

* 보속(補贖) : 고해성사 후에 죄를 탕감하는 대가로 보속을 준다. 기도나 희생 등.
* 선종 (善終) : 대죄가 없는 상태에서 평화롭게 죽음을 맞이함.

내 삶의 우선순위

이곳 일산으로 이사한 후 내게 온 큰 변화는 모임에 나가는 일이 뜸해졌다는 사실이다. 거리와 시간 때문이기도 하지만 내 일상을 돌아보며 하고자 일의 우선순위를 매긴 결과이다. 그러다보니 자연 내 생활의 순위에서 밀려나고 있는 일들이 생겼다.

오늘 성당에서 신부님의 강론 제목이 '우선순위'였다. 신부님의 강론의 요지는 남을 위한 사랑의 실천이 우선순위가 되었으면 하는 바람이셨다. 강론 말씀에 언뜻 내 삶의 우선순위 서열을 떠올려 보았다.

인생의 후반기를 살아가는 요즈음에도 나는 꽤 바쁘게 지내고 있는 편이다. 그동안은 교사로서 오로지 학교가 내 생애 전부인 양 여기며 살았으니 학교를 상위 서열에 놓았다. 그러면서도 세 아이가 있으니 눈을 옆으로 돌릴 틈이 없었다. 그 시절의 내 머리 속의 우선순위는 아이들이었지만 직장 일에 매어서 어린 아이들을 하루 종일 떼어놓아야만 했다. 퇴직을 하고 보니 집의 아이들은 제 갈 길을 다 가 버린 후였다. 그리고 주위를 살피니 세상에는 학교 일만큼 중요하고 값진 일들이 많은 것에 놀랐고, 그동안 내가 얼마나 좁은 생각 속에 갇혀 살았는가 뼈저리게 느껴졌다.

이제는 애를 태울 아이들도 다 떠나고 교직을 벗어난 지도 수년이 되었다. 이제는 갈등할 일이 없을 것 같은데 인생이 또 그렇듯이 또 다른 복병이 나타나 붙잡는다. 그래도 내 일의 우선순위를 고민하며 바꾸고 싶지 않다.

다름 아닌 성당의 여러 직책을 맡아달라는 요구였다. 이것만은 당장의 내 일의 순위에는 비켜 있었던 일이었는데 오래 전에 신자라면 당연히 해야 될 일이라고 막연히 생각했던 적이 있어서였는지 그 일이 이렇게 빨리 다가올 줄은 몰랐다.

이사 온 후 짐 정리를 마치고 제일 먼저 했던 일이 교적을 옮기고 성당의 위치를 확인하는 일이었다. 그렇다고 내게 믿음이 강해서가 아니라 한곳에서 30년 가까이 살다가 낯선 곳에서 살자니 누군가와 이웃이 되어야 하는데 성당의 교우들이 먼저 떠올랐던 것이다.

처음으로 우리 집을 찾아준 손님은 신부님과 교우들이었다. 얼떨결에 구역모임을 우리 집에서 갖게 되었는데 비가 세차게 오는 초복 날, 교우들이 우리 집 거실을 빼곡히 채웠다. 그 자리가 있은 후부터는 교우들과의 낯설음이 차츰 가시며 친근감이 들었다. 이후 나에게 여러 직책을 맡아달라는 요구가 들어왔던 것은 어쩜 내 마음을 그들이 앞서 알아차렸는지도 모른다. 성당의 직책이 나의 의지와는 상관없이 떠밀리듯 안겨왔다고는 하지만 무의식중에 내 삶의 순위 속에 넣고 있었는지도 모른다. 세상 돌아가는 이치를 지금도 모르지만 내 인생의 우선순위에 일대 순위 변화가 온 셈이다.

사람은 누구나 하루를 살아가는 일에도 엄연한 순서가 있을 것인데, 지금 나에게 주어진 일들이 당장은 내 의지와는 상충되는 것처럼 보일지라도 후에는 더 큰 은총으로 다가온다는 것을 깨우치려고 신부님은 오늘 강론을 준비하셨는지도 모른다.

그러기에 오늘도 진정한 이웃사랑 실천을 상위 순위로 놓으려고 바쁘게 지내지만 내심 헤아리지 못하고 내 집, 내 일을 우선시하고 있다.

그러나 이제는 누가 뭐라 해도 내 인생의 시계 바늘은 황혼을 향해 가고 있기에 무엇을, 어떤 일을 먼저 할 것인가는 신부님의 강론대로 남을 위한 사랑을 실천하는 일임이 자명한 일이다.

고 김수환 추기경님의 고백처럼 사랑이 머리에서 가슴으로 내려오는데 70년이나 걸렸다고 하셨고, 고 신영복 교수는 가슴에서 다리로 내려오는 일은 더 길다고 하셨으니 하물며 나는 더 말하면 무엇하랴.

그래도 남을 위한 일에 오늘도 충실하려고 서두르기에 언젠가는 신부님의 강론처럼 진정한 이웃사랑 실천이 우선순위가 되는 날이 오지 않을까도 싶다.

너무 힘들었어요

"엄마, 나 그동안 너무 힘들었어요."

초등학교 1학년인 손자의 입에서 나온 말이라는데 직장 생활을 하는 며느리가 전해 준 이야기이다.

이 말을 꺼낸 시기가 묘하게 며느리가 육아휴직을 내고 쉬고 있을 때 건넨 말이라 더 가슴을 적신다. 육아휴직을 내기 전 며느리가 출근하는 이른 아침에도 여덟 살짜리 손자는 어른스럽게 한 번도 싫다 소리 하지 않았단다. 깨우면 일어나 엄마가 자랑스럽다느니 하면서 바쁜 엄마의 일손을 도와주어 엄마를 안심시켰다고 하니 더 마음이 짠해온다.

나도 젊었을 때 교직에 몸담고 있어 3남매를 어미가 아 닌 시댁 어른들, 시어머니 시아버지께서 주로 보살펴주었고, 간간히 외가의 할머니, 이모, 고모할머니 온 가족이 총 동원되어 육아를 담당해 주었던 터라 예사롭게 들리는 말이 아니다. 아니 아이들을 키우면서 겪었던 가슴 아팠던 지난 시절이 떠올라, 이 아픔을 손자에게까지 대물림하나 싶어 더욱 마음이 저려온다.

내용인즉슨 며느리의 출근 시간에 맞추어 손자가 학교에 등교해야 한다. 물론 학교에서는 돌봄이 교실이 운영되어 일찍 등교하는 아이들을 받아 운영하고 있어 가능했던 일이다. 학교 일과가 끝났을 때도 '방과 후 교실'이 개설되어서 집에 가도 돌보아주는 어른이 계시지 않은 아이들을 모아 보호해 주고 취미활동을 하게 해주니 고맙고 다행한 일이다. 하지만 초등학교 아이들로서는 시간을 보내기란 감당하기 벅찼을 것이다. 어른들도 여가시간을 보내기가 그리 쉽지 않을 터인데.

마음 같아선 당장이라도 손자를 데리고 와서 내가 돌보고 싶었지만 거리가 멀고 손자는 며느리의 교육방침을 따라야 하기에 어쩔 수 없이 멀리서 바라만 보고 애를 태우고 있었다. 오죽하면 아침 일어나자마자 늘 시간을 보며 기도를 했을까.

교사로서 아이들을 지도할 때의 경험이다. 학교생활에 적응하지 못하고 또 문제를 일으키는 아이, 학교 규칙을 소홀히 생각하고 제멋대로인 아이들의 공통점은 엄마가 부재인 상태의 아이들이 대부분이었다. 그래서 나도 될수록 내 아이들과 시간을 함께 하려고 노력했지만, 뜻대로 되지 않았다. 친정어머니는 외손주들이 늘 어미 가난에 빠져 있다고 걱정이 이만저만이 아니셨다. 어미 가난 속에서 자란 탓인지 딸 둘 직장생활을 하다가 아기를 낳고서는 과감히 직장을 그만두고 오로지 아이들에게 전념하는 삶을 택하였다. 어미인 나로서는 딸들이 자기계발이며 경제적 혜택을 포기하는 것 같아 조금은 아쉬웠지만 단호한 태도에 막을 수가 없었다. 숨은 실력도 감춘 채로 자식들에게 온 정성을 쏟는 딸들, 자식 양육에 전념하는 삶을 보면서 마음이 더 아팠다.

사람의 일생 중 유아기, 청소년기는 특히 어른의 아니 부모의 보살핌이 꼭 필요한 시기임은 누구나 알고 있는 사실이다. 그럼에도 우리는 현대사회, 다원화된 시대, 교육의 패러다임이 변화된 사회를 산다. 나라에서도 육아 정책을 다양하게 내세워 북돋아 주고 있지만 그러나 좀처럼 풀리지 않은 과제인 것 같다. 우리 손자 손녀들이 자칫 밖으로 내몰려지고 있는 형편이 안타까웠는데 딸들과 며느리의 휴직이 안도감을 불러일으킨다.

그러고 보니 옛 추억, 아니 가슴 아팠던 기억이 되살아난다. 학교에 봉직하면서 아이들 키우며 가슴 아팠던 기억이 한두 가지가 아니지만 손자의 애비인 아들과 관련된 얘기다.

아들이 유치원에 다닐 때 기억이다. 어느 날, 유치원 행사 중 하나가 엄마와 함께하는 날이 있었다. 그날따라 아들은 울면서 엄마가 꼭 같이 가야 한다며 고집을 피웠다. 누나들은 웬만큼 달래면 되었는데 아들은 여간 고집이 센 게 아니었다. 그동안은 할머니나 할아버지가 대신해 주었는데 이번만은 안 된다는 것이다. 그래서 어쩔 수 없이 학교에 결근 통고를 하고 그날 아이와 함께 했다. 그리고 아들과 약속을 걸었다. 다음엔 엄마가 오지 않더라도 된다는 확답을 어린 유치원생인 아들과 약속을 했다.

지금도 그 생각을 하면 가슴이 아프다. 여섯 살짜리가 무엇을 안다고, 엄마 멋대로 약속을 받았단 말인가. 아이는 울다가 엄마와 함께 한다는 말에 두 손으로 눈물을 씻으며 그렇게 하겠다고 고개를 끄덕였다. 아이는 그 약속을 지켜 학교행사를 하는 날에도 내내 엄마를 찾지 않았다. 남자로서 약속을 지킨 셈이다.

"미스 김~! 커피 한 잔만." 과거 TV 속에서 쉽게 볼 수 있었던 직원, 미스 김. 그런데 미스 김도 옛말이 되었다. 잔심부름 등을 주로 처리하다가 결혼과 함께 직장을 그만두었던 미스 김은 없어졌다. 여성의 절반 정도가 사회생활을 하는 요즘 시대에 커피 심부름을 하는 일은 없어졌고, 지난 2012년을 기준으로 여성 취업자는 74%로 남성 취업자(70%)보다 높았다. 1990년도 여성 취업자 56%, 남성 취업자 63%에 비하면 굉장히 높아진 수치이다. 그런 의미에서 요즘은 남성 육아휴직도 예사스러운 현상이 되어가고 있다.

엄마가 없을 땐 아빠가 대신하는 사회가 되었다. 여성만이 육아 책임을 전가하는 시대는 이제 벗어나고 있다. 그러나 여전히 아이들은 엄마의 몫이다.

오늘날 물질문명의 풍요로움은 육아의 몫을 담당한 여성들의 아픔과 아이들의 울음, 이런 고통의 대가로 이루어진 결과가 아닐까. 지금도 여전히 아이들은 바깥으로 내몰려지고, 소외되고 엄마들은 아이들을 제대로 돌보지 못하는 안타까운 아픔이 보태진 결과라고 한다면 치우친 생각일까.

이제는 국가가 육아도 책임지는 시대가 도래하였다. 그런 의미에서 육아정책도 신중하게 처리해야 하겠지만 국민 모두가 이들의 양육과 관심에 세심한 정성을 기울여야 되겠다.

어린 손자가 '너무나 힘들었어요.'라는 말 대신 오늘 하루 '너무 재미있었어요.'라는 말로 바뀌는 날이 왔으면 좋겠다. 그렇다면 이 바보 할머니도 더불어 행복해질 수 있으련만.

(2017. 9.)

2

빛으로
인도하는
기도

명함

"후 아 유 (Who are you)?"

이 물음은 서너 살쯤으로 보이는 금빛 곱슬머리에 파란 눈을 가진 서양아이가 내게 던진 말이었다. 그 아이는 유아원 담 안에서 미끄럼을 타러 올라가다가 그곳을 바라보고 서 있는 동양인인 내가 낯설어 보였던 모양이다.

연전에 딸이 사는 캐나다를 방문했을 때 유아원 앞을 지나가던 길에서 일어난 일이다.

버스 정류장과 근접해 있어 외출할 때마다 잔디밭이 유난히 고와서 그곳에 있는 유아원 건물을 바라다보곤 했다. 간혹 유리창 안으로 아이들이 노는 모습이 보이고 교사들이 지도하는 모습도 어른거려 들어가 보고 싶은 충동을 느끼기도 했다.

　퇴임을 했어도 여전히 선생기질이 남아서인지 이곳의 교육환경이 궁금했다. 이곳의 아이들은 천혜의 자연 속에서 자라기도 하려니와 복지국가로서의 행정적 지원도 풍성하다고 한다. 미혼모가 낳은 아이에게는 더더욱 특별하단다. 그래서인지 이곳 어린이는 어디를 가나 활달하고 자유스럽다. 또 이콘 속의 아기 천사를 보는 것 같아 어린이를 볼 때마다 걸음을 멈추게 한다. 세상의 모든 어린 아이들은 다 사랑스럽지만 이 나라는 이민자들의 나라답게 갖가지 얼굴 모습을 한 아이들이 어울려 놀고 있는 광경은 호기심 그 이상으로 다가와 눈을 떼지 못했다.

　곱슬머리 꼬마가 나에게 물음을 던진 순간 조금은 당황스러웠다. 꼬마에게 그것도 아이가 알아듣도록 나를 인식시켜주어야 한다는 압박감으로 머릿속이 좀 산란해졌다. 이어 이 아이에게 공감이 될 수 있는 화제가 무엇일까를 생각했다. 그것은 어린 손자 이든을 얘기하면 될 것 같았다. 그곳 이름으로 손자는 이든이었다. 정확히는 '스'와 '드'의 중간 발음이라고 딸은 누차 강조했지만 쉽게"나는 이든의 할머니다 "라고 하니 그 아이는 알겠다는 듯이 긴 속눈썹을 깜빡거리며 고개를 끄덕인다. 그 모습이 어찌나 사랑스러운지 지금도 미소가 번진다.

그 후 나는 수시로 그 꼬마가 물었던'후 아 유'를 되새겨 보면서 생각에 잠겨왔다. 그러면서 언젠가 읽은 어느 시인이 쓴 인도 방문기 일부가 떠오르며 그 질문이 머릿속을 떠나질 않았다.

그 책 내용 중 일부는 매일 아침 호텔주인은 그가 하루 나갔다가 돌아올 때면 언제나 던지는 질문이 있었는데 그것은 "오늘은 무얼 배웠습니까?"였다. 며칠 동안은 나가서 배운 것이 그래도 한두 가지씩은 있기에 대답하기가 수월했지만 여러 날 반복되면서 별로 말할 거리가 없어 할 말을 잃었다고 한다. 그래서 마음속에서는 짜증은 좀 났지만 오늘은 배운 게 없다고 하니 그 주인은 "아 그렇습니까? 오늘은 배울게 없다는 것을 배웠습니까?"라고 하더란다. 그런데 그 후 한국에 와서도 묘하게 하루가 지나면 그 호텔주인이 했던 말'오늘 무얼 배웠습니까?'를 떠올린다고 했다. 나도 그 부분이 오래도록 잊히지 않고 심중에 남은 것인지 그날 하루는 자꾸 '후 아 유'를 되풀이하고 있다.

그 질문에 대한 답은 지금도 모색 중이지만 그때 기억이 떠오르면서 새삼 내가 누구인가를 스스로 묻게 되었다.

나는 반평생을 학교만 다니다가 교직에서 퇴임한 지 이제 이 년여가 된다. 한 곳에 매였던 생활이 풀려서인지 그동안 여러 모임에 관여하게 되었다. 그러다 보니 사람을 만나는 횟수가 늘어간다. 학교에 있을 때는 같은 직종에 있기에 교류가 많아도 그리 나를 내세울 것이 없었다. 어느 학교에 근무한다는 것으로 나의 이력을 대신해 주었을 뿐이다. 학교를 벗어나고 보니 나를 알리는 일이 부담스러웠지만 잦아졌다. 어떤 분은 명함이 있느냐고 묻기도 한다. 그 일이 반복되어 급기야는 나도 명함을 만들어야겠다는 생각이 슬며시 들기 시작했다. 그런데 나를 표현하는 문구, 첫 제목을 어떻게 써야 할지 망설여지며 생각이 분분해져 쉬 결정할 수가 없었다. 그 조그마한 종이쪽지에 나를 알리는 문구가 생각보다 어렵고 어색했다.

우선 집주소와 전화번호를 써 놓고 생각 끝에 '수필 쓰는 김옥진'이라고 명명해 보았다. 근간에 어느 단체에서 여행을 다녀온 적이 있었는데 그 자리에서 나를 알리는 시간이 주어졌다. 순간 나를 소개하는 가장 쉽고도 남에게 인식될 수 있는 문구가 '수필 쓰는 김옥진' 이것이면 좋을 것 같았다. 그러고 나서 곰곰이 생각하니 내가 수필을 쓰는 일에 얼마나 열의를 품고 있었던가를 새삼 알게 되었다.

그동안은 직장과 가정을 병행하느라 글을 쓰는 일에 시간을 할애할 수가 실상은 없었다. 그러나 이제는 다르다. 반평생 학교를 다니면서도 대가족과 어울려 산 것은 행운이었음을 부인할 수가 없다.

그동안은 교사로 아내로 며느리로 삼남매의 어미로 이제는 할미로, 장모로, 시어머니로까지 역할이 번져간다. 사람이 한 평생을 살면서 이렇듯 여러 역할을 감당한다는 사실이 새삼 놀랍다.

그런데 내 인생의 전반기는 주어진 몇몇 역할에도 버거워하면 살았던 것 같다. 그러나 이제는 남은 나의 임무를 즐겁게 수행하기 위해 수필을 사랑하는 사람으로 감히 거듭나고 싶다.

금빛 곱슬머리 그 꼬마의 물음이 아니더라도 누가 다시 '후 아유'를 묻는다면 서슴없이 '수필 쓰는 김옥진'이라고 말할 것이다. 그러기 위해서는 명함을 만드는 일에 앞서 내 삶을 진정으로 사랑하는 법을 익혀야 될 것 같다.

(2009. 10.)

부채 한 점

　서예가인 문우로부터 부채 한 점을 선물로 받았다. 예상치 못했던 일이라 기뻤는데 합죽선을 펴본 순간 가슴에 잔잔한 감동까지 일었다. 그것은 합죽선의 빈 공간에 쓰인 네 글자, '금성옥진(金聲玉振)'이라는 글귀 때문이었다. 내 이름이 옥진이지만 한 문구를 아는 사람들은 꼭, 앞의 글자인 금성을 붙여서 말하곤 한다. 오랜만에 동지를 만난 기분이었다.

　그것은 맹자의 '만장하' 편에 나오는 구절로 공자님의 집대성을 찬미한 구절로 성인의 완결편이라고도 한다. 직역을 하면 금성은 종소리이고, 옥진은 경소리인데 이것은 팔음을 합주할 때 처음 종을 쳐서 소리를 헤치고, 맨 끝으로

경을 쳐서 음을 거두어들인다는 뜻이다. 의역을 하면 시종을 온전히 하여 지와 덕을 겸비하고 있어 사물을 집대성하는 일이라고 풀이할 수 있다.

그런데 이렇게 귀한 이름을 지어준 분은 친정의 증조부님이셨다. 우리가 어릴 때 그분을 상할아버지라고 불렀다. 집안의 가장 큰어른이시기에 문중을 통솔하셨을 뿐더러 인근에서는 한학자로 문장가로 명망이 자자하셨다. 어린 시절 할아버지 댁에 가면 흰 두루마기를 입으시고 갓을 쓰신 어른들이 수시로 사랑을 드나드셨다. 후에 알고 보니 그분들은 할아버님께 글을 받으러 오는 분들이었다. 선친께서는 공직에서 은퇴하신 후 먼저 하신 일이 상할아버지의 문집을 편찬하는 일이었다.

어릴 적 할아버지에 대한 기억으로는 초등학교도 들어가기 전 일이다. 고향에서 할머니가 동생을 봐주러 우리 집에 오셨다 가실 때 나는 할머니를 무작정 따라나섰다. 이유는 할머니가 좋아서였고, 고향에 가면 나를 귀여워 해주는 분들이 많이 계시다는 것을 이미 알고 있었다. 그곳에는 증조할아버지 증조할머니, 할아버지 할머니, 고모 삼촌, 아주머니 동네 집안 어른들, 모두 우리 옥진이 왔다고 환대가

융숭했다. 지금 생각하면 그 이유는 상할아버지가 제일로 여기시는 종손이셨던 아버지의 첫 자손이었기 때문이었다. 상할아버지는 손자인 아버지를 끔찍이 여기셨는데 생전의 아버지는 그 기대에 부응하며 사셨다.

상할아버지는 내가 당신의 첫 증손녀였지만 증손자라고 여기셨던 것 같다. 그것은 매일 아침 나를 사랑에 들게 하신 일이다. 할아버지는 나를 옆에 앉히시고 붓글씨로 먼저 화선지에 가늘게 쓰신 글귀를 청아한 목소리로 읽으시고는 따라 읽게 했다. 어린 증손녀에게 상세히 풀이도 해 주신다. 다음에는 당신이 제 손을 잡으시고 가늘게 쓰신 글자 위로 덮어쓰게 하신다. 내 작은 손에 붓을 들게 하시고 당신이 붙잡고 떨리는 손으로 눌러 쓰길 반복하신다. 할아버지는 약간의 수전증이 계셨다. 그때 쓰셨던 글씨는 맹자의 글귀 중 한 대목이었음을 후에 알게 되었다. 할아버지 댁에 있을 때면 매일 아침 조반 전에 내가 하는 일이 그것이었다. 아침마다 사랑방을 나온 나는 큰 벼슬이나 한 것처럼 여러 어른들께서는 나를 칭찬해 주셨다.

다음 기억으로는 중학교 시절 한때 할아버지와 한 집에서 함께 살았을 적 일이다. 그때 집안 사정은 아버지의 공직으로 어머니와 동생들이 모두 이사를 가니 나만 홀로 남게 되었다. 나는 서울로 전학이 어려웠다. 남겨진 나를 돌보는 이로 고향에서 증조할아버지와 혼자이신 고모가 오셨다. 생활비는 할아버지가 관리하셨는데 어떤 용무로든 필요한 대금을 주시면 영수증을 꼭 가져오라고 하셨다. 그런데 그때 나는 그 일이 너무 힘들었다. 친구들과 사사로이 쓰는 것까지 영수증을 가져올 수 없었기에 함부로 돈을 쓰질 못했다.

할아버지는 가져온 영수증을 날짜별로 붙여놓고, 쓴 품목을 일목요연하게 정리해 놓으셨다. 누가 검사하는 것도 아닐진대, 아마 나에게 보여주시느라 그랬을 것 같다. 지금에 와서 생각해 보면 교육적으로 가계부를 쓰는 법과 돈쓰는 법을 몸소 보여주신 것이다.

또 다른 기억으로는 서울에 계신 아버지께 편지를 쓰면서 배웠던 일이다. 나는 서두를 '아버지께'라고 써 내려갔다. 그런데 할아버지는 그걸 보시고 우선 받아 적으라는 것이었다. '아버님 전상서'라고, 인사말로는 '기체후 일향 만강 하옵시며'라는 어귀도 그때 처음 익혔다. 그 후 나는 편지마다 그대로 쓰기 시작했다. 마지막에는 '불초여식 옥

진올림'이라고 마무리를 지었다. 겉봉투에 쓰는 '본제입납'
이란 어구도 '좌하'라는 단어도 그때 알게 되었다.

서울의 아버지는 이런 내 편지를 받으시고 아이답지 않
은 기특한 내용과 문구 때문인지 그 편지를 양복 호주머니
에 몇 날을 넣고 다니며 주위 분들에게 자랑을 하셨다고
했다.

오늘 이 넉 자의 글씨를 보는 순간 까마득하게 잊고 있었
던 증조부와의 갖가지 추억으로 가슴이 훈훈해져 온다. 노
을의 의미를 알아가는 이즈음 부채 한 점으로 내 이름자
안에 담긴 숨은 뜻을 새삼 되새기는 계기가 되니 이 부채가
소중하기만 하다. 당신이 그리도 사랑하셨던 종손이었던
아버지, 맏이었던 증손녀 옥진이에게 당신의 거는 기대와
꿈을 이름자 안에 쏟아 넣으신 것이리라. 집안을, 아니 세
상을 덕망과 지혜로 이루라 하셨던 당신의 염원이 내 이름
자로 표출되지 않았을까 하는 생각에 머무니 지금의 내 자
신이 한없이 부끄러워진다.

어린 시절 눈으로만 보았던 맹자의 글귀는 다 잊었어도
할아버지 깊은 사랑은 지금도 기억하고 있어 나를 이루는
소중한 밑거름이 되었을 것으로 확신한다.

상할아버지께서 가신 지 까마득한 세월이 흘렀고, 아버지께서도 세상 뜨신 지는 스무 해나 지났다. 세상은 변했어도 지금도 대를 잇는 가문의 전통은 이름을 짓는 데 남아있다.

곳곳에 흩어져 사는 우리 형제들이 할아버지가 지어주신 이름자의 의미를 새기며 살아가기를 소원해 본다. 그리고 이 험난한 세태 속에서도 할아버지께서 염원하던 삶을 생각해 보며 살아갈 것을 새삼 다짐해 본다.

오랜만에 책장에서 상할아버님의 문집인 '금강집'을 꺼내어 첫 장을 편다. 정자관을 쓰고 계신 위엄이 가득한, 그러나 자애로우셨던 할아버지 사진을 마음으로 들여다보며 그 밑으로 아버지의 모습도 그려본다.

이 부채가 올 여름을 의미 있게 만들어 줄 것 같다.

(2017. 7.)

당신은 입원 중

새벽부터 휴대폰 소리가 요란하다. 며칠 전부터 여명이 밝아 올 이때쯤에 여지없이 울려대는 벨 소리, 직감적으로 어머님일 거라는 예감이다.

요즘 들어 새벽에 전화 거는 습관 하나가 더 느셨다. 전화 속에서 울려오는 말소리는 101세 할머니라고 여기기에는 믿기지 않을 목소리로 "어미냐, 내가 쓰던 안약과 요즘 입을 스웨터를 좀 챙겨 오너라." 하고 분부를 내리시면서 이어 밤새 잠을 한숨도 못 잤노라고 투정 섞인 목소리로 말씀을 하신다.

처음에는 어머님이 전화를 하시면 무슨 큰일이 생긴 줄 알고 무척이나 놀랐다. 그래서 즉시 간호사실에 알아보면,

어머님의 건강 상태는 정상이니 걱정하지 마시라고 오히려 나를 위로한다. 그리고 만약 위험해지면 자기들이 먼저 연락을 드리겠다는 말을 덧붙인다.

평소 어머님은 그리 건강 체질은 아니셨다. 그래서 자주 병원에 드나드시고, 위기를 맞을 때도 여러 번 있었다. 그럴 때마다 선종 때 받는 종부성사를 여러 차례 받으셨다. 바로 얼마 전에도 위기가 찾아와 신부님께 또 한 차례 성사를 청해 받았다. 신기하게도 성사를 받으시면 병이 호전되어 위기를 넘기곤 하신다.

그러나 위험한 상황이 예측할 수 없이 올 수도 있고, 대소변 가리기도 어려워 요양병원으로 거처를 옮기셨다. 그때 다루기 편한 전화기로 바꾸어 드렸다. 그리고 번호 별로 형제들의 전화번호를 입력해 드리면서 번호만 누르면 통화가 되도록 조치를 해 드렸다. 처음에는 사용이 뜸하시더니 1년이 지난 요즘 들어 사용이 잦으시다. 며느리인 내 번호는 2번이다. 누르기 쉬워서인지 수시로 2번을 누르신다.

나는 나갈 채비로 분주한데 남편은 서두르지 않는다. 그리 바쁠 것 없다며 안심시키지만, 그 말이 귀에 들어오지 않는다.

며칠 전에는 어머님께 "제가 그리 보고 싶으세요?" 볼멘 소리를 했더니 대답을 회피하는 듯 모른 척하셨다. 예전의 어머님은 나를 간혹 난처하게 하신 적은 있었지만 편안하게 해 주려고 애를 쓰셨는데, 요즘은 그 의식이 무뎌지신 것 같다.

어머님과 나는 46년을 함께 살았다. 친정어머니와 함께 산 세월보다 많으니 이 세상 어느 누구와 비교가 되겠는가. 또 어머님은 자손들에 대한 애착이 크셔서 당신 5남매에다 그 손주 열둘을 모두 키워 주셨는데 우리 아이 셋은 할아버지의 보살핌을 더 많이 받으며 컸다.

세월이 가면서 손아래 시누이 셋이 차례로 시집을 가고, 시아버님도 돌아가시고, 우리 애들 셋도 출가하고 나니 집안은 어머님과 우리 내외, 세 식구만 남았다. 단출해졌다. 그 사이 나도 나이 70을 훌쩍 넘겼다.

나는 알고 있다. 이 세상에 나만이 아는 어머님의 깊은 속마음을, 100세를 넘기시고도 마지막 연줄을 놓지 못하는 그 애절한 사연을. 며느리인 내가 그 짐을 해결해 주기를 바라는 바람을 난 이미 간파하고 있었다. 그러나 이 일은 어머님도 해결할 수 없다는 것과 어느 누구도 대신 풀어

줄 수 없다는 것을 알기까지는 오랜 인내가 필요했다. 지금 은 그 간절함이, 다른 모습으로 변형되어 표출되고 있다는 것을 알기에 나는 지금도 어머님의 아픈 심정을 어루만져 드리다가도 나의 한계점을 느끼곤 한다. 그것은 어머님의 아픈 손가락을 향한 모성애를 며느리인 나는 감히 흉내조 차 낼 수가 없기 때문이다.

오래전부터 남편의 마음 씀씀이가 달라지고 있다. 무엇 보다도 내 건강에 부쩍 관심을 갖는다. 운전에 손을 뗀 나 를 위하여 친절한 기사 노릇도 마다하지 않고, 성당에서 봉사 활동도 열심이다. 가장 고마운 일은 나에게 자유를 주려고 애쓰는 점이다.

목요일은 내가 서울 가는 날이다. 아침에 전철역까지 데 려다 주는 일을 서슴지 않으며, 잘 놀다(?) 오라는 인사도 잊지 않는다. 남편은 아내가 노는 법을 이미 알고 있다. 그 래서 혼자서 점심도 해결할 뿐더러 내가 집으로 돌아 올 때는 시간 맞추어 역까지 마중도 나와 준다.

오늘은 귀가하는 길에 어머니께 들르려고 마음먹고 있는 데 갑자기 남편으로부터 전화가 왔다. 오늘은 당신이 입원 중이니 가지 않아도 된다는 연락이다. 이유인즉슨 남편이 혼자서 어머니를 뵈러 갔다가 당신이 전철에서 넘어져 못 왔다고 전하니, 어머님이 입원했느냐고 물으시더란다. 그래서 아무 말도 안 하고 있는데 지레 고개를 끄덕이셨다고 한다. '며느리가 힘들어 하는 것을 짐작하고 계셨을까.'

그러니 어머님은 당신이 당분간 병원에 입원 중으로 알고 계신다고, 이번 주는 어머님께 가지 않아도 된다는 것이다. 어머니를 속이면서까지 내가 입원 환자로 둔갑되었으니 갑자기 성사 볼 일이 한 건 생긴 셈이다. 그래도 남편의 그런 배려가 눈물겹게 고맙다.

그러나 나는 곧 어머님을 뵈러 갈 것이다. 그리고 안아 드릴 것이다. 생각하면 어머님은 하나뿐인 이 며느리를 평생 기대며 사신 분이다.

하느님은 나에게 어떤 복을 주시려고 이 긴 인연을 예비하신 것일까. 오늘도 나는 이 화두를 풀면서 살아가고 있다.

(〈에세이21〉 2020. 봄호)

돌아가신 시아버님께

아버님 그동안 하늘나라에서 평강을 누리고 계시겠지요? 올여름은 유난히 무덥고 깁니다. 아버님이 언제 이 세상을 떠나신지 이제는 가물가물해졌어요. 아마 이십 년이 다 되는 것 같습니다. 시간이 참 유수와 같이 흘렀습니다.

그동안 우리 집안에도 많은 변화가 있었습니다. 특히 올해는 더 그러했습니다. 어머님이 올해도 많이 편찮으셨습니다. 다행히 요즈음 많이 호전이 되셨습니다. 그 배후에는 아범의 역할이 컸습니다, 병원을 모시고 다니는 일, 그것도 여러 병원을 순례하며, 약복용이며 섭생을 한마음으로 챙겼습니다. 칭찬해 주십시오.

그런데 요즘 아범이 직업이 생겨 매일 출근을 한답니다.

얼마나 다행스러운 일인지 모릅니다. 건강하게 다닐 수 있도록 힘을 주십시오.

다음은 캐나다에 사는 안나가 4월에 다니러 왔습니다. 아버님의 증손자 이솔이를 데리구요. 100일 있었습니다. 있는 동안 온 식구가 즐겁고 행복했습니다. 이솔이가 어찌나 영리하고 말을 잘 하는지 우리 모두 놀라고 신기해했습니다. 그리고 김서방도 좋은 회사에 취직이 되어 잘 다니고 있답니다.

겹쳐서 아버님이 제일 예뻐하는 우리 올콩이가 건강한 아들을 낳았답니다. 지금은 5개월이 지나 튼실하게 자라고 있습니다. 어제는 이사를 갔는데 큰 평수로 옮겼답니다. 이틀간 우리 집에 머물다 갔습니다. 세 식구가 얼마나 알콩달콩 살아가는지 모르겠습니다.

우리 집의 장남 정용이는 어찌나 승승장구하며 회사에서 인정받고 잘 하고 있는지 모른답니다. 최연소 지점장에, 실적이 좋아 표창도 받았답니다. 앞으로 더 잘하도록 지혜를 주시기 바랍니다. 그리고 우리 며느리 현숙이도 그 어렵다는 선생이 되어 학교에 근무하고 있답니다. 열심히 살아가고 있고 미래를 위하여 꿈을 키워가는 이 아이들에게 하늘에서 굽어 살펴 주시어 건강과 지혜를 주시기 바랍니다.

그리고 아버님의 막내딸 경희는 우리 집에 온 지 벌써 2년이 넘었습니다. 제가 딸처럼 여기며 잘해 주려고 합니다. 이제는 마음의 건강도 되찾고 생활의 활력도 찾아 열심히 살려고 애쓰고 있습니다. 도와주세요.

참 얼마 전에는 큰고모 부부와 저희 부부가 함께 여행을 다녀왔습니다. 큰고모 부부와 함께해서 더 재미있고 뜻 깊었습니다. 두 분이서 서로 챙겨주며 아껴주는 모습이 인상 깊었습니다. 경란이 고모와 고모부도 건강하게 잘 있으며 영희, 인희, 희연이 다 잘 있습니다. 영희는 커리어 우먼으로 당당하게 살아가고 있고. 인희는 둘째를 가졌답니다. 건강한 아이를 낳게 돌봐주세요.

경숙이 고모네도 잘 있습니다. 세린이는 학교 영어 선생으로 근무하고 있고, 세현이도 직장에 잘 다니고 있습니다. 세린이 아빠도 지금은 중국을 오가며 사업을 하고 있는데 잘 되도록 돌봐 주세요.

모두 다 건강하게 하는 일들이 잘 되도록 이끌어 주십시오.

이밖에 고할 것이 많사오나 이만 생략하겠습니다.

우리 형제들이 우애 있게 살아가도록 하늘에서 늘 보살펴 주십시오.

오늘도 하늘나라에서 만복을 누리시길 비오며 우리 형제들이 평화롭게 살아가도록 도와주세요. 아버님 이만 마치고 다음 해 올리겠습니다.

시아버님 기일에

며느리 올림

(2010. 8. 31)

사진 속 트리

이사를 오면서 버릴까 했던 크리스마스트리를 창고 깊은 곳에서 한참을 뒤져서 찾아냈다. 낡은 상자 속에서도 내용물은 30여 년 전 치고는 그다지 낡지 않아 다행이었다. 상자에는 여러 꾸러미가 들어 있었는데 조립하는 순서를 표시해 놓고 비닐봉투로 단단히 싸놓은 덕에 먼지만 걷어내고 풀어서 맞추니 금세 근사한 트리가 완성되었다.

비록 플라스틱으로 된 전나무였지만 키가 제법 크고 장식물도 갖가지로 마련해 놓은 덕에 모양새가 좋아 보인다. 거기다가 금빛 은빛 색깔의 방울들과 별과 리본, 인형 산타를 걸고, 반짝이를 금색 은색 띠까지 두르고 보니 제법 그럴싸한 트리가 되었다. 현관 입구에 세워놓고 보니 온 집안이 환해 보인다.

트리를 보고 새삼 환호해 본 지도 오랜만인 것 같다. 갑자기 머릿속은 옛 시절로 거슬러 올라간다. 며느리가 보내온 사진을 보는 순간 트리를 생각해 낸 것이 빌미였다. 그러고 보니 그동안 여러 곳에서 크리스마스트리를 숱하게 보았지만 느낌 없이 무덤덤한 마음으로 지나친 것 같다. 아니 크리스마스의 의미를 외면한 채, 아니 일부러 모른 척 지냈다고나 할까.

12월이 되면 으레 시청 앞에는 대형 트리가 서고 그러면 도시 길가에 상점 앞에는 휘황한 트리가 깜빡거리며 거리를 밝혀준다. 영혼이 깃들지 않은 목소리처럼.

그런데 요 얼마 전에는 스님이 계시는 조계사에서도 성탄 축하 트리를 밝혀 주어 아기 예수님의 탄생을 불자들도 관심을 표해 주어서인지 훈훈한 기운까지 느껴지던 차이다.

내가 본 사진 속에는 트리를 옆에 두고 두 돌 된 손자가 서 있는 평범한 모습이었는데 순간 감동이 몰려왔다. 손자의 모습이 아들아이의 어릴 적 모습으로 오버랩 되면서 그 아이 어릴 적 생각으로 줄달음친다. 어린 손자가 트리 앞에서 심오한 표정까지 지으며 방울을 달고 있는 모습이 제 아비 어릴 때 모습 같아 한량없이 귀엽기도 하고, 잊고 지냈던 아이들 키우던 추억들이 곰실곰실 피어오르는 것 같다.

지나간 시절 그 아이 누나가 어릴 때 했던 말이 생각난다. 크리스마스 날 아침 트리 옆에 놓인 선물을 안고 편지를 읽으면서 "엄마, 산타클로스 할아버지 글씨가 꼭 아빠 글씨 같아" 하면서 고개를 갸우뚱거리니 자기도 그러노라고 고개를 끄덕이던 아이의 모습도 떠오른다. 한밤중에 남편과 내가 몰래 마련한 선물과 카드를 새벽에 펴보며 대뜸 한 말이었다. 이제는 그 아이들도 가장이 되어 제 아이에게 선물을 준비하며 어릴 적 추억을 되새기고 있을까.

그 옛날 내 어린 시절도 생각이 난다. 추운 겨울 밤 바느질 하시는 엄마 곁에 누워 "산타 할아버지가 나에게 선물을 주실까" 했더니 엄마는 꿰매던 양말을 주시며 "이것을 저 재봉틀 다리에 걸어 놓아라. 아마 그 속에 선물을 주실 것이다." 라고 말씀하셨다. 또 산타 할아버지께 편지까지 써서 붙이면 틀림없이 오신다고 하시던 엄마의 말에 그때 우리 집 보물 1호였던 미제 싱거 재봉틀 다리에 양말과 편지를 걸어 두었던 기억도 난다. 물론 그 다음 날 내 헌 양말 속에는 어김없이 눈깔사탕 한 움큼이 들어 있었다.

트리를 배경으로 보낸 손자사진이 이렇듯 나의 묵은 기억들을 떠오르게 할 줄이야. 그동안 명색이 신자이면서도 산타클로스니 크리스마스트리니 하는 단어는 어린이들에게나 관심을 주는 단어라고만 여겨왔다. 나에게는 그저 무감하게 스쳐가는 단어였다.

그런데 올 크리스마스에는 며느리가 보내준 사진 덕에 좀 달랐다. 신앙의 씨앗이 내게도 싹이 트는 것일까. 작은 사진 한 장을 보고 꾸며놓은 한 그루의 트리가 오랜만에 나를 철들게 한다.

트리를 보면서 잠깐이나마 예전 어린 시절의 그 순수했던 마음을 조금이나마 느낄 수 있었기에 무거웠던 내 마음이 가벼워지는 것 같기도 하고, 나를 짓누르던 일상의 짐들까지 가뿐해지는 느낌이다.

이맘때쯤이면 어김없이 들려오는 얼굴 없는 기부 천사들의 각별한 소식들이 유독 오늘 내 마음을 울린다. 자그마한 트리를 앞에 놓고, 새삼 생각에 잠긴다. 지금껏 살아오면서 나는 진정 누구의 산타가 되어 준 적이 있었던가.

내 마음을 아는 듯 트리는 내 빈 가슴을 향해 반짝이며 신호를 보내오고 있다.   (2013. 12.)

미리 써본 퇴임사

교직생활은 얼마 동안만 하다가 그만두려고 했던 것이 오늘에 이르렀다. 정말 세월은 흐르는 물과 같다고 했던가. 지금에 와서야 그 말이 뼛속 깊이 와 닿아 등줄이 시리다. 그러고 보면 사람의 한 평생이란 참 어이없게 지나가 버리는 것 같다.

하루도 쉼 없이 근무를 했으니 햇수로 따지면 서른일곱 해, 24살에 시작해서 60에 이르렀다. 그 세월을 어디 한마디로 표현할 수 있을까. 처음에는 동생 같은 아이들을 가르친다고 생각하며 교단에 섰던 때가 있었다. 그 다음은 조카, 그 다음은 내 아이, 이제는 제자들의 아이들을 가르치고 있으니, 언젠가 어떤 짓궂은 학생이 선생님은 우리 외할머니처럼 생기셨다고 했을 때 속으로 무척 놀랐던 적이 있었다. 그날 하루는 좀 우울했었다. 그러나 그것도 잠깐, 시간에 쫓기어 그냥그냥 넘어갔는데 이제 이 생활도 접어야 할 시점에 이르고 보니 온갖 기억들이 머릿속을 메운다.

지금도 잊을 수 없는 것은 학교와 가정생활을 병행하면서 힘들었던 점이다. 바로 세 아이들의 양육 문제였다. 할아버지, 할머니의 보살핌 속에 있었지만 언제나 아이들은 엄마에 대한 허기짐이 있었다. 제일 큰 문제였다. 그때의 복잡했던 생활을 잘 해내기 위해서는 내 나름의 결단이 필요했는데 생각해 낸 것이 한 가지 있었다. 일단 문밖을 나가면 집안 생각을 잊고 학교 일만 생각하는 것이었고. 일단 집에 들어오면 학교 생각은 접는 것이었다. 매일 출근하는 학교가 한강다리를 넘어가기에 그때 결심한 생각이 한강을 기점으로 일단 집 생각, 아이 생각을 떨쳐 버리고 퇴근 때에는 한강을 넘으면서 학교 일을 잊어버리자고 각오를 하였다. 그리고 그 다음 일은 하늘에 맡기며 기도하는 일이었다. 기도는 그렇게 시작되었다. 아이들도 제 나름의 운명을 감지하는 것도 그리 나쁘지는 않을 것 같고, 자기의 현실을 받아들여 적응하는 것도 교육적이라고 세뇌시킨 셈이다.

그때 엄마를 그리도 밝히던 아이들은 이제 다 커서 세 아이가 제 갈 길로 다 가버렸다. 세월이 참 빠르다는 것을 실감한다. 젊은 시절에는 그게 무슨 말인지 몰랐지만 요즈음 그 말의 의미를 피부로 느낀다.

젊은 시절이나 요즈음이나 집 생각은 변함없지만, 예전에는 집의 아이들 생각에 어서어서 집으로 가려고 했지만 이제는 구순이 된 어머니와 퇴임한 남편이 나를 기다리고 있으니 내 할 일이 아직 남았음에 스스로를 위로한다.

나는 학교라는 사회 속에서 세상을 배웠고 인생을 터득한 셈이다. 37년이라는 세월 속에서 여러 학교로 이동하면서 많은 사람을 만나고 헤어지면서 인생의 깊이를 알게 되었고 부대끼며 살아온 셈이다. 그동안 좋은 추억만이 있었던 것은 아니지만 아픔과 고통도 약이 되었음을 인정한다.

지금에 와서는 그 모든 것이 참으로 귀한 것으로 남는다. 세상은 험난하다는 말을 많이 듣고 있지만 학교라는 울타리 속에서 보호를 받으며 대접만 받고 반평생을 살아왔음에 감사한다.

이제부터는 내가 아닌 이웃을 위해 갚아야 할 빚만 안고 떠나는지도 모른다.

(2010. 1.)

빛으로 인도하는 기도

상큼한 봄기운이 느껴지는 날, 휴대전화에 초상을 알리는 문자가 떴다. 이번에는 안타깝게도 일곱 살 어린아이의 부고 소식이다. 그동안 아이의 머릿속에는 혹이 자라고 있는데도 기운차게 뛰어놀 만큼 천진하다던 아이였는데….

예고된 이별이었지만 막상 소식을 접하니 힘이 빠진다. 아이는 오늘 칠 년이라는 추억을 부모에게 남기고 홀연히 떠났다. 아이 부모가 얼마나 마음 아파하고 있을까. 추위가 가시어 나들이가 시작되는 이즈음인지라 아이 엄마는 어린 것을 데리고 놀이공원에라도 갈 꿈을 꾸었을 것이다.

퇴임하기 전에 생각했던 일 중 하나는 의미 있는 일을 해 보리라는 결심이었다. 마침 이곳으로 이사 오면서 교적을 옮기자 한 신심단체에서 가입하라는 권유 전화를 받았다. 그 단체장은 내 의중을 꿰뚫고 있었다는 듯이 적극적으로 주선해 주어 망설일 틈도 없이 그 회합의 일원이 되었다.

그런데 그 모임에서 가장 어려운 일은 초상이 나면 즉시, 모든 일을 제쳐놓고 교우를 찾아가 연도를 바치는 일이었다. 상(喪)이라는 것이 나이 고하를 막론하고 예고된 일이 아니기에 수시로, 어느 땐 겹치기까지 할 때는 정신을 차릴 수가 없다. 미룰 수는 더더욱 없는 일이어서 연락을 받는 순간 정신이 곤두선다. 그래서 이젠 이 일이 해야 할 일의 우선순위가 되어 버리고 말았다.

처음엔 어찌할 바를 몰라 우왕좌왕하기도 했었다. 이제는 어느 정도 시간이 흐른 덕에 평온한 마음으로 대처할 법도 하건만 허둥대는 것은 여전하다. 그러나 장례식장에 다다라 구슬픈 연도 소리가 들리면 심란했던 마음이 수습되어지고 교우들과 합송을 할 때면 엉클어진 심정도 따라 가지런하게 제자리를 잡는다.

요즈음 거듭 이어지는 초상으로 내가 가진 저세상에 대한 막연한 공포심이 조금은 무뎌가고, 저승이 대문 밖이라는 말을 실감하고 있다. 사람에게는 태어나고 죽는 것이 정해진 세상사이기도 하다. 이제는 죽음도 끌어안아야 할 나이가 되었고, 또 알지만 영원한 이별 앞에서는 아직도 무섭기만 하다.

오래 전이지만 잊을 수 없는 기억들, 아버지의 마지막 날 나를 바라보시던 그 눈빛. 같은 해 초가을 아침에 들었던 시아버님의 숨소리, 신록이 아름답던 어느 새벽 어머니와의 작별, 시간이 흐른 탓에 이제는 추억 속의 장면들이 되었지만 얼마나 애통했던지. 다시 볼 수 없다는 절박감에 슬픔이 더했다. 그때는 영원한 헤어짐을 예측도 하지 못했고 준비되지 않은 이별이었기에 받아들이기가 더더욱 힘들었을는지도 모른다.

얼마 전에는 잘 알고 지내던 여성 교우가 세상을 떠났다. 성당 일을 책임 맡고 있었던 성실한 분이었는데 어느 날 건강 검진을 해본 결과 말기 암으로 진단을 받아 순식간에 시한부 인생이 되고 말았다. 모두가 놀랐지만 오히려 그는 차분히 모든 직분을 내려놓고 아픔까지 하늘에 맡기는 것 같이 보였다. 그 후 몇 개월이 지나 입관예절을 할 때 그의 얼굴을 보니 장미꽃에 싸인 모습이 흡사 성모님의 형상과도 같아 놀라지 않을 수 없었다. 비록 관 속에 누워 있긴 했지만 잠이 든 듯 평화롭게 보여 더욱 눈물이 복받쳤다.

최근에 신부님이 사후 세계에 대해 들려주신 바로는, 우리가 숨이 멎으면 그 혼령이 잠깐은 방황하지만 곧 빛을 향해 나아간다는 것이다. 목숨은 끊겼어도 청각만은 오래 남아 연도 소리를 들으면서 빛을 향해 나아간다고 한다. 우리가 드리는 연도가 빛을 향해 나아가게 하는 나침반 역할을 한다고 생각하니 위령 기도의 소중함을 새삼 알게 되었다. 그러기에 매번 연도를 드릴 때마다 다짐하는 것은 오늘을 세상 끝날처럼 생각하고 충실하게 살아야겠다는 다짐이다. 굳이 부연하자면 일상을 의미 있게 살아야 한다는 것과 더불어 후회를 남기는 일은 결코 하지 말아야겠다는 결심이다.

오늘도 예고 없이 돌아간 혼령을 빛으로 인도하기 위해 현관문을 나선다. 어제 맞이할지 모르는 나의 마지막을 준비하러 가는 셈인지 모른다. 봄볕은 따스하지만 어린 것이 홀로 저승길을 간다고 생각하니 가슴에 바람이 인다.

(〈에세이21〉 가을호)

색동 빛 일단 묵주

나에게는 여러 개의 묵주가 있습니다. 나무로 만든 묵주, 밤에도 빛이 나는 야광 묵주, 손전화에 매단 일단 묵주, 매듭으로 엮은 실 묵주, 색깔도 흰색 검은색 연둣빛 여러 가지가 있는데 올 여름에는 성물판매소에서 색동으로 된 일단 팔찌 묵주를 하나 더 구입하여 손목에 차고 다닙니다. 그와 어울리는 목걸이와 함께 끼고 나가면 교우들이 세트냐고 물어오기도 하고 한 번씩 만져 보기도 합니다. 어떤 묵주이든 신부님께 방사 받은 묵주이니 다 같겠지만 올 여름은 예쁜 이 1단 묵주를 애용(?)할 예정입니다.

지나간 젊은 시절, 지푸라기라도 잡고 싶을 만큼 절박한 때 성모님께 기도를 드리며 받은 은총을 잊을 수가 없습니다. 그때 저는 성모님께 드리는 기도는 무엇이든 다 들어주신다는 신부님의 말씀에 의지하여 오직 그 일념으로 기도를 드렸습니다. 이 세상에 설상가상(雪上加霜)이라는 말이 왜 있는지, 진퇴양난(進退兩難)이라는 단어가 왜 생겼는지 알게 되었던 시절의 이야기이니, 지금도 그때의 일이 어제 일처럼 생생합니다.

그때 우리 부부는 어렵게 저축해 놓은 전 금액을 친구에게 몽땅 떼이고 말았습니다. 우리 부부에겐 전 재산이라 할 만한 금전을 마음이 약한 남편은 사업하는 친구의 간청에 못 이겨 다 빌려주었을 뿐만 아니라 우리 집을 담보로 은행돈까지 쓰게 했습니다. 그것이 화근이었지만 이것은 불행의 전초전에 불과했습니다.

교직에 몸담고 있던 나는 맞벌이 부부였고, 그때, 시부모와 세 명의 시누이와 어울려 살았는데 공교롭게도 그 시점에 시댁식구들과의 갈등이 최고조에 달했습니다. 엎친 데 덮친 격이었습니다. 우리 부부에는 3남매가 있었는데 막내가 돌이 좀 안되고, 그 위로는 두 살 터울로 누나 둘이 있었습니다. 아직은 모두 어려 어른의 손길이 한창 요구되었던 시기였습니다. 그때는 시댁의 여러 식구들과 도우미 아주머니가 있었기에 나는 학교생활에 전념할 수 있었는데 시댁과의 갈등으로 나는 애들을 데리고 새댁을 나와야 했습니다. 아니 쫓겨났습니다. 어린 것 셋을 데리고 갑자기 어디론가 집을 옮겨야 했을 때 그 심정은 말로 표현이 안 되었습니다.

그때 나는 남편에게 단호히 선언했습니다. 나와 애들을 택하든지 천륜의 부모형제를 따르든지, 물론 나의 억지소리인지는 알지만 기로에서 어쩔 수가 없었습니다. 행인지 불행인지 남편은 나를 따라와 주었습니다. 매일 출근을 해야 하는데 애들이 매달려서 출근할 수가 없었습니다.

그 즈음이 초봄이라 쌀쌀한 봄 날씨 속을 헤매며 내가 살 집을 보러 다니면서 나는 난생 처음 고생이라는 것이 무엇인지를 알았습니다. 용케도 친정의 도움으로 내가 살 전셋집을 학교 근처에 얻었지만 앞으로의 일이 여전히 막막했습니다. 원망과 화가 내 온몸에 타고 있었습니다. 그런데 애들은 왜 그리 자주 아프고 잔병치레가 끊이질 않는지… . 그러길 계속하다가 어느 날 밤, 열이 나는 아이를 안고 하느님께 무조건 매달렸습니다. 생각해 보니 내가 성모님을 잊고 지냈던 것을 새삼 깨달은 것이었습니다. 아이가 아프고 열이 나는 것이 어쩌면 어미인 나 때문인 것 같았습니다.

그러고 보니 내 몸은 울화로 쌓여 이사 온 집에 고상도 성모님도 모시지 않은 냉담상태였던 것입니다. 그 순간 구석에 숨어 있던 고상이 눈에 띄었습니다. 꺼내어 벽에 비로소 걸고 성모님 앞이 앉으니 눈물이 쏟아지기 시작했습니다. 한참을 울고 나니 애들도 아프지 않고 열이 나지 않을 것 같은 확신이 생겼습니다.

그 다음날 밤, 나는 남편에게 애원했습니다. 묵주의 기도를 매일 밤 함께 드려보자고. 지금까지의 일은 당신 탓도 있지만 반은 내 탓도 있다고 고백하며 다시 시작하는 마음으로 화해를 청했습니다. 남편에게 성모님은 무슨 소원이든 다 이루어 주신다는 데 한 번 성모님께 매달려 보자고 말했습니다. 남편은 그럼 한 번 해보자면서 순순히 나를 따라 주었습니다. 그 후 우리 부부는 매일 밤 묵주의 기도를 올리기 시작했지만 그게 그리 수월하게 이루어지지 않았습니다. 마음을 먹었다고는 하나 어느 날은 너무 지쳐서, 어느 날은 졸면서, 어느 한 사람만 소리를 내어 기도하고 옆에서 눈을 감고 있었던 때도 있었습니다. 그러나 용케도 하루도 거르지 않고, 54일간의 기도를 해냈습니다.

기도가 다 끝나지도 않았는데 일이 풀리는 것 같았습니다. 먼저 강퍅해진 내 마음에 평화가 찾아오기 시작했고 애들 건강이 좋아졌습니다. 나를 도와주는 천사들이 주위에 나타나 애들을 돌봐주고 집안을 건사해주니 평정을 찾아갔습니다. 학교생활과 집안이 안정되어 갔습니다. 그 다음은 갈라진 두 집을 두고 작정 기도를 시작했습니다. 정말 놀랍게도 우리가 최상으로 원하던 일들이 서서히 이루어지는 놀라운 조짐이 일어났습니다. 시댁과의 갈등도 해소되기 시작하고, 분가했던 우리가 삼 년이 지난 후 시댁식구와 더불어 큰 집으로 이사하는 쾌거를 이루었습니다.

이제는 압니다. 고통도 은총이라는 것을, 그 사이 좋은 일들도 많았고 세월은 흘러 2년 전에 37년간의 나의 교직 생활을 명예롭게 마칠 수 있었으며, 그때 3남매는 훌륭히 자라 제몫을 다하고 있습니다. 세 아이가 다 성당에서 혼배 미사를 올리고 지금은 모두 성가정을 이루었습니다. 각기 1남씩을 낳아 우리 부부에게 세 명의 손자까지 안겨 주었습니다.

지금은 한때 불화했던 구순이 넘은 시어머님과 시누이와

함께 살고 있으며, 주일이면 손을 잡고 남편과 함께 미사에
참례합니다. 성모님은 당신의 딸들을 고통 속에 결코 내버
려두지 않는다는 것을. 고통을 통해 성모님을 만날 수 있고
기도 끝에 많은 것을 주신다는 것을 압니다.

나는 지금은 가난하고 소외된 이웃을 위해, 교회를 위해,
나아가 분단조국과 아프리카의 난민을 위해서까지 기도하
고 봉사해야 한다는 것도 깨닫고 있습니다. 하느님은 내
머리칼의 수까지 세고 계시기에 나를 온전히 맡깁니다.

길을 걸으며, 하늘을 보면서, 전철에서, 밥상을 차리면
서도 매일의 기도숙제를 합니다. 지금도 내 색동 빛 일단
묵주는 돌아가고 있습니다.

(2011. 10.)

가톨릭의정부교구청 주관, 〈삶의 향기〉 공모전 우수상 수상작

생일날 아침

　오늘이 실제 내 생일이다. 음력으로 칠월 초여드레. 며칠 전에 집에 애들이 왔다갔으니 아침상이라야 어젯밤에 끓여 논 미역국에 별다른 찬 없이 평소대로다. 아침에 만든 과일 주스와 함께 조촐하게 차린 상을 마주한다. 맞은쪽에는 머리 하얀 시어머님이 앉아 계신다.

　남편은 조금 전에 아침을 먹고 사무실로 출근했다. 평생을 다녔던 직장에서 은퇴하고도 이어서 나갈 곳이 있으니, 본인도 본인이려니와 안사람인 내가 더 복을 누리고 있다고나 할까.

　이 아침 어머님이 앞에 계시지만 친정어머니가 생각난다. 생전의 어머니는 내 생일만은 그냥 넘기는 법이 없었다. 자랄 때 형제가 많아 종부이신 어머니는 챙겨야 할 집안 일로 간혹 우리 형제들 생일을 지나치는 일도 있었지만 내 생일만은 꼭 기억하셨다. 그것은 맏이라는 이유도 있었겠지만 생일이 칠석 바로 그 다음 날이었기 때문일 것 같다. 어려서는 칠석을 여느 날과 달리 여겼기에 칠석이 되면 바로 나를 떠올리셨던 것 같다. 그리고 쌀을 씻어 방앗간에 가 가루를 내어 여러 색깔의 물을 내어 무지개 시루떡을 손수 해 주셨다.

결혼을 하고서도 어머니는 내 생일날, 전화로 미역국은 먹었느냐고 물어 오시기도 했다. 이제는 세월도 많이 흘러 어머니 가신 지도 오래 되었고 허리 굽은 시어머님이 그 자리를 대신한다. 어제는 며느리인 내 생일을 아직도 기억하시고는 당신이 아껴온 스웨터를 내놓으셨다.

그런데 시어머님은 얼마 전에는 시누이들을 모두 불러 앉혀놓고 당신 자신의 거취를 거론한 적이 있었다. 당신이 외며느리인 내 곁을 빨리 떠나야 한다고. 나는 순간 당황하여 얼떨결에 어머니 어찌 그런 말씀을 하시냐고 얼버무렸지만 영 마음이 무겁다. 물론 어머니의 결정이 하루아침에 내린 것은 아니실 것이지만 좀 의외였다. 나로서는 한동안

침묵할 수밖에 없었지만 곧 어머니와 함께한 지난 일들이 머릿속을 메운다.

그런데 공교롭게도 오늘 읽은 성경대목이 룻기였다. 시어머니 나오미와 두 며느리와의 아름다운 이야기이다. 요약하면 시어머니 나오미가 남편을 잃고 이어 두 아들까지 죽으니 며느리 둘과 함께 남는다. 시어머니 나오미는 두 며느리에게 친정으로 가서 새 살림을 시작할 것을 당부하니, 한 며느리는 울면서 어머니 곁을 떠나지만 또 한 며느리는 혼자된 어머니와 언제까지나 함께 하겠다 한다. 시어머니 나오미는 따라온 며느리를 데리고 고향으로 돌아와서 집안의 먼 친척, 인품이 좋은 보아즈라는 분의 밭에 가게 하여 이삭을 줍게 한다. 결국에는 남편과 같은 가문의 보아즈의 아내가 되도록 시킨다. 그리하여 그 며느리가 난 자식을 시어머니인 나오미는 당신 손자로 여기고 키워 다윗 가문의 할아버지가 된다는, 오늘날까지 이어오는 고부간의 아름다운 이야기이다. 이 옛날이야기가 내게 유독 다가온 부분은 시어머니와 며느리가 오랜 세월을 함께하였다는 부분도 있지만 처음부터 친 모녀처럼 서로 믿고 의지하며 사랑으로 감싸준 부분이다.

헤아려보면 그동안 나도 어머니와 함께한 세월이 사십여 성상이었기에 그 세월만큼이나 쌓인 정도 두텁다. 그 많던 식구들도 다 떠나고 이제 남은 식구는 어머님과 남편이다. 세월은 모든 사연들을 품고 여기까지 흘러왔다.

이 생일날 아침, 허리 굽은 어머님과 마주 앉아 미역국을 먹으니 만감이 교차한다. 새삼 어머님의 흰 머리카락과 깊은 주름살에 연민이 커지면서 곧 다가올 미래를 상상해 본다.

저녁에는 셋이서 조촐한 파티라도 열어야겠는데 남편이 케이크를 사올까.

(2015. 8. 21)

선생 티

얼마 전 외출했다가 집 앞의 학교 정문을 지나오던 중에 앞서가던 여학생이 갑자기 뒤를 돌아보며 공손히 인사를 하는 것이었다. 엉겁결에 나도 따라 목례로 답을 하며 안녕이라고 말해 주면서 놀랐다. 퇴임한 지 수 년이 지났는데 아직도 내 모습 어딘가에 선생이라는 표시가 붙어있는 것이 아닌가 하고.

곰곰이 생각해 보면 그도 그럴 것이 내 인생에서 학교를 빼면 무엇이 남을까. 이십 중반부터 시작한 교직 생활이 육십에 이르기까지 사십 년이 다 되도록 하루도 쉼 없이 이어왔으니 인생의 태반을 학교에서 익히며 살았다 해도 과언이 아니다.

오래 전 현직에 있을 때 교직원 연수를 받은 적이 있었다. 한 강좌가 '바람직한 교사상'이라는 제목이었다. 교육 전문가의 강의였는데 요지는 선생은 평균적인 보통의 사람이어야 한다. 키가 너무 크지도 말고 그렇다고 작지도 않으며 너무 예뻐도 안 된다는 것이다. 지금에 와서는 그 기준이 깨졌지만 마음만은 태평양처럼 넓어야 하며 인내심도 그들의 부모님보다 더 깊어야 한다는 것이었다.

그런데 여기저기에서 반론이 제기되었다. 선생은 어디까지나 선생인데 어떻게 그리 될 수 있느냐고 강의 받던 교사 모두가 고개를 저었다. 결론은 이상적인 스승상은 성인(聖人)처럼 되어야 한다는 것이다. 선생은 어린 영혼을 다루는 직업이기에 더욱 그래야 한다는 것이었다. 그때는 그 이론이 좀 과하다는 생각이 들었는데 세월이 가면서 조금씩 수긍하고 있다.

지금도 선생이라는 직업의 요건은 실력도 있어야 하고, 내면은 성인에 버금가도록 노력해야 된다는 것이 지론이다. 교육자는 실력만 갖추었다고 되는 것이 아니기 때문이다. 요컨대 교육의 질은 선생의 수준을 넘지 못한다는 이론이 있을 만큼 교사의 자질이 중요하다. 퇴직한 지금에 와서 교직생활을 회고해 볼 적에 그 이론이 결코 과하지 않다는 생각이다.

얼마 전에는 우리 아파트 엘리베이터 안에서 한 남학생을 만났다. 저녁 무렵이었는데 그 학생의 손에는 큰 무가 하나 들려 있었다. 나는 선생 티가 은연중 발동하여 모른 척 그냥 넘길 수가 없었다. 웬 무냐고 물으며 다가갔다. 엄마가 사오라고 해서 사가는 중이란다. 요즈음에도 저렇게 엄마의 말을 잘 듣는 아이가 있다는 게 기특해서 칭찬을 해 주었다. 보통아이들은 그 시간에 학원에 있어야할 시간임에도 집에서 엄마 심부름을 하고 있다는 것이 요즈음 아이와 달랐다. 다른 심부름도 아니고 저녁에 먹을 채소를 사가지고 오다니. 이후로 나는 그 아이를 볼 때마다 이름을 불러주며 미소를 나누는 사이가 되었다. 분명 내가 선생 티를 벗어나지 못하는 증거인 셈이다.

또 한 번은 이사 와서의 일이다. 가계 업무를 보러 집 가까이에 있는 은행을 찾았다. 창구에서 대리 명찰을 단 여행원이 나를 보자 반기는 것이 아닌가. 잠깐 사이였는데 나를 알아보다니 순간 당황했다. 알고 보니 자기가 여고 때 내가 담임을 했다는 것이다. 세월이 흐른 탓에 그를 알아보지 못했지만 그가 나를 먼저 알아본 것이다. 미안하기도 하여 사과를 했더니 더 놀라는 것이다. 나는 순번을 기다리고 있던 뒷사람이 많아 시간이 걸리는 업무는 생략하려고 했지만 제자 대리는 굳이 다른 직원의 도움을 받으면서까지 내 일을 처리해 주었다. 내가 선생이었다는 사실을 잊고 지내다가 실감되는 순간이었다.

그러나 솔직한 심정은 그 티를 감추고 싶다. 왜냐하면 티를 낸다는 것은 어찌 되었든 내 자신이 자유롭지 못한 일이기 때문이다. 다음으로는 현직에 있었을 때는 절실히 느끼지 못했던 선생에 대한 인식이 퇴임 즈음에 이르러 그리 곱지 않다는 사실을 알고부터였다. 그 예로 선생은 어디서나 말이 많고 자기주장이 강하다는 둥, 남을 시키는 데도가 텄다는 둥, 어린 학생들 하고만 있어서 융통성이 없다느니, 하는 말들이다. 어디서나 통용되고 있는 작은 버릇들이 교직 밖의 세계로 흘러갔을 때는 다른 성향으로 변질될 수 있다는 사실이 좀 충격이었다.

퇴임하고 한동안 나는 선생이었던 기억을 완강히 잊고 싶었다. 선생에 대한 부정적인 말을 들어서가 아니라 진정 어느 곳에도 얽매이지 않은 자유로운 마음가짐으로 살고 싶었던 것이다.

그런데 퇴임한 지 여러 해가 지난 요즈음도 가끔 학교 꿈을 꾸곤 한다. 내가 아직도 그 굴레에서 벗어나지 못하고 있다는 사실이 놀라웠다. 내 의식 속에는 돌아보고 싶지 않은데도 그 시절의 일이 깊이 잠재되어 있는 모양이다. 대가족과 어울려 살면서 학교일과 집안일, 내 일이 엉클어 져 버겁게 살았던 일이 꿈속에서조차 지금도 조여오곤 한 다.

그러나 돌이켜 보면 선생이었기에 자유롭지 못한 점도 있었지만 누렸던 점도 적지 않았음을 안다. 무엇보다도 학 교라는 울타리가 험난한 세파를 막아주는 바람막이가 되어 주었고, 퇴임한 지금도 매달 연금을 받고 있으니 교직의 혜택을 지금도 받고 사는 셈이다. 그러기에 별 탈이 없는 한, 앞으로의 삶도 이것의 연장선상에서 이루어지리라.

어쩔 수 없이 고리타분한 선생 티가 몸에 배여 버렸다면 티가 날 수밖에 없을 것인데, 그렇다면 이제부터는 신바람 나는 선생 구호 '참 잘했어요'를 연발하며 살아가고 싶다.

(〈계간수필〉 2014. 봄.)

3

아버지의
향기

성모님께 드리는 글
- 성모의 밤에

싱그러운 오월, 이 아름다운 계절에 성모님을 또 간절하게 부릅니다.

먼저 찬미와 영광 받으시옵소서.

저희는 어리석고 우매하여 어머니의 자애로우신 사랑을 잊고 산 적이 많음을 고백하나이다. 그럼에도 불구하고 어머니는 저희들을 어여삐 여기시어 늘 바르고 좋은 길로 이끌어 주심에 한없는 감사를 드리옵니다. 또한 저희의 불충을 용서해 주시옵소서.

어머님, 어머니께 머리를 조아리며 용서를 비옵니다. 올 5월은 저희들의 마음이 어두운 그림자로 싸여 있음을 어머니께서는 미리 아시리라 믿습니다. 어머니께서 사랑하시는 그 많은 꽃다운 영혼들이 최후의 순간까지 어른들의 도움을 애타게 기다리다가 이 세상을 떠나갔는지 저희들은 상상만 하여도 가슴이 떨리옵니다. 어머니께서는 또 얼마나 또 애타게 그들을 굽어보시며 눈물을 흘리셨을까요?

모든 것은 저희 어른들의 무책임과 이기심과 물질만능의 이 나라의 총체적인 부실이 그 어린 영혼들을 숨지게 하였습니다. 어찌하면 좋겠습니까. 어머니 이 죄악을 어떻게 씻어 낼 수 있을까요?

그러나 저희들은 무지하지만 이것만은 확신할 수 있습니다. 성모님 당신이 계시기에 저희들이 살아갈 수 있는 생명의 끈이 당신께 있사옴을 알게 해 주심을 저희는 압니다. 죄악과 상처투성인 저희들과 온 나라가 무릎 꿇고 비옵나이다. 용서하여 주시옵소서. 그리하여 희망과 사랑과 정의와 평화의 싹이 시들지 않게 하시옵소서. 성모님만이 우리의 길잡이가 되어주심을 알게 하여 주시옵소서.

성모님 이 화창한 오월에 성모님께 너무 큰 걱정만 안겨드리는 것 같아 송구하옵나이다. 찬미와 영광을 받으시옵소서.

성모님 그러나 이 나라에도 기쁜 일이 준비되어 있습니

다. 다름 아닌 프란시스코 교황 성하께서 올 8월에 우리나라를 찾아주시는 일입니다. 그 자리에서 우리는 자랑스러운 신앙선조 124분의 시복식도 갖게 되었습니다. 이 얼마나 장엄하고 축복된 일인지 가슴이 벅차옵니다. 이 모든 일이 성모님께서 전구해 주시어 이 영광을 누리게 됨을 저희는 압니다. 감사와 찬송을 올립니다.

끝으로 어머니, 저희 야당 맑은 연못성당을 축복해 주시옵소서. 우리 본당 신부님도 헤아려 주시옵소서. 아울러 이곳 신자들도 기억해 주시어 모두가 한마음 한뜻으로 성당 건축에 매진할 수 있도록 힘을 주시옵소서! 그리하여 이 아름다운 성전이 완성되는 날 성모님께 영광 돌리며 우리들은 기쁨을 나누게 하여 주시옵소서.

올해도 성모님께 짐만 지워드리는 것 같아 죄송스럽습니다. 그러나 이 아름다운 오월을 당신께 드리며, 걱정과 근심도 함께 얹어 드림을 송구하게 생각하옵니다. 그러나 저희들이 가진 모든 것을 드리오니 찬미와 영광 받으시옵소서. 사랑하올 어머니.

2014. 5. 31

김옥진 비비아나 드림

세례명을 불러 주세요

　제 이름은 김옥진 비비아나입니다. 앞에 옥진은 한학자이셨던 증조부님의 고임*으로 '맹자의 만장 편'에 나오는 金聲(금성)의 玉振(옥진)에서 따온 것이라고 한다. 이 글귀의 뜻은 음악의 시작이 金聲이라면 공자는 음악의 완성을 옥(玉)으로 소리를 거둔다, 즉 玉振(옥진)으로 완성시켰다는 뜻으로 모든 학문의 최고의 경지라고 하는 매우 심오한 뜻을 내포하고 있다.

　이 이름과 더불어 또 하나의 이름, '비비아나'라는 세례명을 갖고 있는데, 반세기 전부터 불리어졌다. 그 시절, 대학에서 시를 강의해 주시던 K교수님의 영향으로 천주교에 입문하게 되었다. 그분은 내게 시를 강의하셨던 분이었지만 나는 시와 더불어 신앙을 배웠다. 교수님은 우리에게 믿으라 는 말씀은 단 한 마디도 하지 않으셨다. 다만 그분의 삶과 표양에서 감동을 받아 오늘날까지 내 삶의 모델이 되어주고 계신다. 지금도 나는 전교의 가장 좋은 방법은 말없는 가운데 삶의 향기를 풍겨 주는 것을 가장 큰 모범으로 삼고 싶다. 그렇지만 내가 진정 남에게 그런 모습을 보여주는 삶을 살고 있을까 자문해 볼 때는 자못 부끄럽기 짝이 없지만.

'비비아나' 라는 세례명은 그 당시 교리교육을 맡으신 수녀님이 주신 몇 가지 이름 중 마음에 들어 정한 이름이었다. 영화 '바람과 함께 사라지다'의 주인공인 비비안 리를 연상하고 정했던 철없던 시절이었다. 후에 알고 보니 비비아나 성녀님은 축일이 12월 2일로 5세기 로마시대의 귀족으로 동정 순교자이셨다.

무릇 이름에는 우리를 낳아주고 기르신 분의 소망을 담고 있다. 그렇듯이 세례명에도 하느님의 자녀로서 창조하신 분의 사랑과 염원에 보답하는 삶을 살 것을 일깨워 주고 있다. 예수님을 뵈올 때까지 이 성녀를 본받고 살라는 명령을 받은 셈이고, 불리어질 때마다 상기시켜 주고 있다.

김춘수 님의 '꽃'이라는 시에서

내가 그의 이름을 불러 주었을 때

그는 나에게로 와서

꽃이 되었다 (생략)

우리 모두는 하느님의 자녀이기에 서로 간에 꽃이 되어
주는 아름다운 존재들이다. 하느님으로부터 사랑받는 존
재로, 꽃이 되는 어렵지 않은 방법으로는 세례명을 서로
자주 불러주는 것이 아닐까.

(의정부교구청, 주보, 2014. 7.)

*고임 : 유난히 귀여워하고 사랑함.

아버지의 향기

올해도 어느새 4월이 다 가고 있다. 그래도 지금이 꽃철이라 내가 사는 아파트 정원에는 꽃들의 잔치가 한창이다. 아파트 현관 입구에 몇 그루의 라일락 꽃향기가 온몸을 감싸는 듯하니, 어린 시절에 살았던 대문 옆의 보랏빛 라일락이 생각난다. 꽃을 좋아하시던 아버지가 심어 놓은 것이었다.

아버지가 가신 지 꼽아보니 올해로 25년이 된다. 가실 때 연세가 예순아홉, 지금의 내 나이보다 1년이 못된, 칠순을 바로 앞두고 가셨다. 그런데 발병하신 게 바로 이 계절이었으니 아버지가 아끼던 꽃들이 앞 다투어 피던 때였다.

아버지 몸에 이상이 느껴진다고 하던 그때, 나는 근무

중인 터라 조퇴를 하고 아버지를 병원에 모시고 갔다. 별 이상이 없으리라는 내 예상과는 달리 담당의는 심각한 표정이었다. 검진이 끝나고 의사가 보호자를 부른다기에 맏이인 내가 들어갔다. 그때 아버지의 보호자가 된 내 처지가 얼마나 생소했던가. 슬픔과 생경함 속에서 맞이한 아버지의 병세, 위급함을 알아차린 그때 내 심정, 청천벽력과도 같은 말.

"1년을 못 넘기시겠어요"라는 의사의 그 말 한마디가 지금 들어도 가슴이 내려앉는 듯하다. 아버지는 어째서 그토록 병이 깊었는데도 모르고 지내셨을까. 아니, 아시면서도 숨기셨던 것일까.

그러기에 올해 칠십을 맞는 나는 감회가 남다르다. 나는 지금 칠십 세월을 무탈하게 살아가고 있고, 하루하루가 감격스러운 일일 텐데 그냥 지나쳐 가고만 있는 것 같다.

아버지 가시기 이틀 전, 꿈속에서 꽃길을 걸어가는데 뒤돌아보며 어머니를 부르다가 깼노라고 하셨던 아버지, 그 환한 미소를 알아차린 어머니는 담당의에게 남편의 임종을 집에서 맞고 싶다는 부탁에, 의사는 그날로 퇴원을 허락했다. 누워 계신 아버지를 안방으로 모셔오니 아버지는 "참,

편하다."라는 말을 두 번 남기고 눈을 감으셨다. 눈가에 눈물방울이 맺혀 있는 채로.

그때 나는 현직에 있었는데, 겨울 방학이 시작되는 날이었다. 아버지는 주치의가 예상했던, 일 년을 채우지도 못하고 더구나 칠순을 앞두고 떠나셨다.

어머니는 사주풀이를 좀 하실 수 있어 주위 사람들의 앞날을 예측해 주시기도 했는데, 평소에 나를 보면 너는 아버지와 합이 들었다고 하시며, 아버지에 대한 나의 속정을 맞추신 적도 있었다. 그렇다고 내가 아버지를 살뜰히 살펴 드린 것도 아니었다. 그래서 그런지 세월이 이렇게 많이 흘렀어도 아버지는 늘 내 마음 깊은 곳에서 맴도는 꽃향기 같다.

아버지는 장손으로서 집안을 건사하시느라 무던 애를 쓰셨다. 고향 본가에 새집을 지으시고 선대에 잃어버린 전답까지도 되찾으셨다. 성품이 워낙 부지런하시고 효성스러워 종손으로서 최선을 다 하셨기에 집안의 기둥이셨다.

딸 다섯에 아들 형제를 두신 아버지는 우리 모두를 최고 학부까지 졸업시키고, 저마다 타고난 재능을 계발시켜 앞길을 열어주셨던, 시대를 앞서 가던 분이었다. 집안 대소가에 문제가 생기면 일가친척들은 늘 아버지를 찾아와 조언을 구했고, 아버지께서 그 해결점을 찾아주곤 해서 우리 집은 그분들의 발길이 끊이질 않았다.

지금도 내겐 잊을 수 없는 사건이 있다. 딸 많은 집 아버지라서 항시 딸들이 어찌 사나 궁금하셨을 텐데, 어느 해 딸 중의 하나가 심각하게 불화설이 떠돌자 아버지는 어머니에게 음식을 장만토록 하여 상을 정성스럽게 차리게 하고, 정장 차림으로 사위를 맞으셨다. 그 자리에서 아버지는 아들 같은 사위에게 자초지종을 물어 훈계할 법도 하건만 먼저 정중히 "나는 자네만을 믿네." 하시면서 술을 권하던 그 광경을 잊을 수가 없다.

딸의 위기를 조금이나마 완화시켜 보려고 당신이 몸소 사위에게 머리를 숙이셨으니 어찌 우리 형제들은 그런 아버지의 모습을 상상이나 했겠는가.

그 자리에 초대된 사위는 "장인어른, 왜 이러십니까?"를 반복하며 황송해 하면서 안절부절 못하던 모습이 지금도 눈에 선하다. 자식을 위해서라면 당신의 권위는 내려놓으시고 사위에게 술을 따라주던 아버지. 지금 생각해도 가슴이 아프다. 그 후 아버지의 진심이 전해져 일은 잘 풀렸지만 두고두고 우리 형제들에겐 잊을 수 없는 자국으로 남았다.

아버지가 가신 지 강산이 두 번 반이나 변했어도 가끔 아버지를 생각하며, 그리워하고 있는 나를 보면서 놀랄 때가 많다. 오늘도 현관 앞 라일락을 보면서 아버지의 흔적을 더듬고 있으니.

아버지가 누리지 못한 세상을 나는 오늘도 그저, 무심코 살아가고 있다. 라일락꽃은 이런 내 마음을 아는지 모르는지 미풍에도 하늘거리며 청량한 향기만을 내뿜고 있다.

(2018. 7.)

어느 날

그 물건을 잃어버린 것을 알아챈 순간, 나는 이미 전동차를 타고 두 정류장이나 가고 있었다. 바로 한 손이 비었음에 당황했다. 머릿속은 여러 가지 추리로 회오리바람이 분다. 대체 어디다 놓고 왔을까. 나의 행적을 되짚어보았다.

오늘 아침은 의외로 여유가 있지 않았던가. 집에서 전동차역까지 걸어도 충분한 시간임에도 여름이라 땀이 나는 것이 싫어서 콜택시까지 불러서 탔다. 그래서 다른 때보다 한결 여유로웠다. 문제는 스마트 폰이었다. 지하철 정류장 좌석 앞에 열차 시간표가 붙어있어 메모 대신 사진으로 찍어놓으면 좋을 것 같아 두세 번 눌러대다가 다른 소식이 궁금해져 여러 군데를 열어 보았지, 카카오 스토리에 올라와 있는 손자의 동영상을 다시 보며 여기저기 돌아가면서 즐기고 있었지. 정류장으로 들어오는 전동차 진입신호가 울렸고, 서둘러 가방과 스마트 폰을 챙겨서 사람들이 기다리는 줄 맨 뒤로 가 서둘러 탄 것까지 생각을 했다.

바로 그때 떠오른 의심은 택시 안이었다. 분명 그곳에 놓고 내린 것 같은 예감이 들었다. 즉시 콜택시 운전기사가 보낸 번호로 전화를 걸었다. 그런데 다급히 전화를 걸고 있는데, 옆에 서 있던 앳된 아가씨가 내가 거는 소리를 들었는지 한마디 거든다. 조금 전에 그 물건이 전 정류장, 기다리던 의자 위에 있었다는 것이다. 그 찰나 바로 내 옆에 둔 그 물건을 까맣게 잊은 채로 차에 올라탄 생각이 난다. 그 아가씨가 나를 위로하는 말이었지만 해결 방안이 없다. 그 말을 듣자, 여기서 곧바로 내려 그곳에 가봐야 할 것 같은 예감이 든다. 전동차가 정차하자 부랴부랴 옆 사람을 밀치고 차에서 내렸다. 그 물건을 놓고 온 곳으로 가려면 반대 방향 계단으로 내려가야 하는데 거기에 맞추어 전동 열차가 바로 도착할 리가 없다. 또 비상대책을 강구한다.

이곳은 서울과 달라 택시를 타려면 불러야 한다. 물론 콜비가 있다. 그러나 부르기만 하면 채 1분도 안 돼 신호가

오곤 한다. 역을 나와 길옆에서 내가 부른 차를 기다린다. 그런데 평소에 전화를 걸면 1분 이내에 도착하던 택시가 2분이 넘었는데도 기별이 없다. 2, 3분이 왜 이리 긴가.

그동안에 의자에 내동댕이쳐진 내 물건은 어찌 되었을까. 혹 누가 가져가진 않았을까. '아니야, 요즘 세상에 그런 하찮은 물건을 누가 가져가겠는가.' 머릿속이 엉켜온다. 일말의 희망을 간직한 채 두리번거리는 동안 회색빛 택시가 신호를 보내온다. 확인도 생략한 채 후다닥 차에 올라탄다. 그런데 또 왜 이리 신호대기가 긴가. 평소엔 가까운 거리라고 여겼는데 오늘따라 가다 서다를 반복하며 10여 분이 지난 후 목적지에 겨우 도착하다.

또다시 문을 박차고 처음 머물렀던 그곳으로 향하다. 에스컬레이터 위를 뛰면서 경중경중, 다시 처음 의자가 보이는 곳으로 달렸다. 그런데 그곳에는 애석하게도 아무 것도 남아 있질 않았다. 잠시 생각하다가 그래도 아직 희망을 버리지 않은 채 역무실로 뛰었다. 문을 열고 문 가까이에 앉아있던 역무원에게 자초지종을 물었다. 그런데 아직 회수된 물건은 없다고. 전화번호를 남기고 가라는 말이 냉정하다.

한동안 서 있다가 찾을 것을 포기한 채로 온 길을 되돌아 가느라 최종 목적지에 도착한 시간은 예상보다 30분이상 이나 늦어졌다. 그런 소동을 한바탕 치르고 나서 섬광처럼 스친 깨달음이 있었다.

결국 사람이 산다는 것은 서서히, 또는 어느 날 갑자기, 자의든 타의든 모든 것을 조용히 잃어가는 것이 아닐까, 본인이 모든 것을 잃어버리는 것뿐만 아니라 내가 아닌 여 타의 존재들이 나를 소리 소문 없이 잊게 될 것이며, 시간 이 지나면 흔적조차 기억하지 못할 때가 기어이 오고야 말 것이다. 그런 생각이 번뜩 머리를 스치니 산다는 것이 두려 워지기까지 한다.

그런데 그 허름한 물건이 이토록 소중할 줄이야. 무려 20년도 훨씬 지난 것이기도 하여 남이 보면 우습게 보이는 물건이겠지만 이 순간 이토록 애타며 아끼는 물건이 되다 니, 어찌된 일인가.

그동안 하찮게 여기며 무심했던 것들의 소중함을 새삼 일깨워 준 날이기도 하지만, 인생의 엄숙함을 직접 몸으로 체험한 날이기도 하다. 오래된 양산 하나가.

(자핫골, 2014.)

어르신 유감

며칠 전, 집 근처 건널목에서 신호를 기다리고 있는데 "어르신 길 좀 묻겠습니다."라는 말소리가 들린다. 설마 나를 보고 하는 말은 아니겠지 여기며 신호등만 무심히 바라보고 있었다. 당연히 주위에 노인 분이 계신 줄 알고 알은체도 하지 않고 우두커니 서 있기만 했다.

그런데 한 젊은이가 고개를 돌려 나를 향해 가까이 다가와 다소곳한 말투로 재차 길을 묻는다. 번쩍 정신이 들어 엉겁결에 그래도 길을 알려 주기는 했지만, 길을 걷는 내내 마음이 착잡하다.

그래, 이제는 어쩔 수 없이 나도 노인 축에 끼고 말았어.

생각해 보니 경로우대 카드를 받아 쓴 지도 어언 몇 해가 지났고. 전동차 경로석 근처에는 얼씬도 않다가 요즘 들어 눈을 그쪽으로 돌릴 때가 많아지면서 어느 땐 앉기도 했으니 어쩌면 당연한 대접인지도 모른다.

아니, 그래도 나는 아직 시어머님을 모시고 사는 새댁은(?) 아니지만 며느리가 아닌가. 집에 가면 어머님을 모셔야 하는 의무감이 있는 이상 나는 아직 노인이 아니라고 자부해왔다. 언젠가 조카딸이 와서 "외숙모 몸조심하세요. 숙모님도 이제 노인이에요." 할 때만 해도 나를 생각하는 마음에서 하는 소리거니 여겼지, 그리 심각하게 받아들이지 않았다.

문득 예전 어른들이 하신 말씀이 떠오른다. 생전에 늙을 줄 모르고 살았다고, 그리고 마음만은 지금도 청춘이라고. 오늘따라 이 말들이 마음에 와 쏙 박힌다.

그러나 세상에서 제일 공평한 것이 있다면 누구나 똑같이 나이를 먹는다는 사실이다. 세월이 가면 노인이 되고, 때가 이르면 사라지는 것이 사람 사는 순리가 아닌가. 그러니 받아들이자고 마음으로 최면을 걸며 다짐하지만 겉돌기만 하다.

통계청에 따르면 우리나라도 이미 고령화 사회가 되어가

고 있다고 한다. 고령화 사회를 알아보는 방법으로 노령지수라는 것이 있다고 하는데, 노령지수란 한 사회의 15세 미만 인구 대비 65세 이상 인구의 비율인데 말 그대로 한 사회의 노령화 정도를 보여주는 지수이다. 우리 사회의 노령화 지수가 2003년에는 41.3퍼센트였는데 올해는 실제로 80퍼센트를 넘었다고 하니 불과 13여년 만에 배로 상승한 셈입니다. 매우 빠른 속도로 돌진하고 있어 세계 최고 수준이라고 한다.

전체 인구에서 65세 이상의 고령 인구가 차지하는 비중도 올해 12.2퍼센트로 사상 최대치를 기록할 것으로 추산된다고 한다. 65세 인구가 전체 13퍼센트를 넘어가고 있어 일본에 이어 우리의 노인 문제는 이미 세계 수준에까지 도달하였다. 그런데 아직도 노인의 75퍼센트 이상이 일자리를 원하고 있는 것은 노후를 준비하지 못한 심각한 생계문제에 있다고 한다. 그 수요에 턱없이 모자라고 있는 것이 오늘의 현실이다.

그러나 생각해 보자. 어디 노인이 되고 싶어 되는가? 그리고 노후대책을 왜 생각하지 않았겠는가? 대한민국을 오늘날과 같은 수준으로 올리기까지 우리 노인들은 젊은 시절 얼마나 험한 노력을 아끼지 않았는가. 이밖에도 내세울 만한 이유를 꼽으며 당당해 보려 해도 주눅이 드는 것은 어쩔 수가 없다.

요즘 여고 동창들이 운영하는 카카오톡 방에는 행복한 노년을 위한 수칙이 매일 오르고 있다. 하나같이 수긍이 가는 이야기들이다. 우선 노인이 되면 '말은 삼가고 주머니는 열라'는 문구는 이미 닳아진 말이다. 품위 있는 노후를 맞기 위하여 지켜야 할 수칙들이 넘쳐난다. 하나같이 지당한 말씀이며 도움이 된다는 것을 알면서도 서글퍼지는 것은 웬일일까.

친구들도 나이를 먹는 것을 두려워하는 것은 나와 다를 바가 없는 것 같다. 다만 노년을 함께 공유하면 조금이나마 덜 외로울 것 같은지 당당하자고 서로를 부추기는 것 같아 공감을 하면서도 뒷맛은 영 개운치가 않다.

얼마 전 겨울 초입에 시어머님께 사드린 바지가 있었는데, 며칠 전에 어머님이 그 바지를 나에게 주신다. 허리가 맞지 않으니 네가 입으라고. 한참을 잊고 지내다가 오늘 그 바지를 입어 보았다. 노인용 전문매장에서 산 것이어서 나에겐 어울리지 않을 줄 알았다. 그런데 웬걸! 입어보니 따뜻한 촉감에 수수한 디자인이 내 마음을 흔들고 있었다. 이미 내 몸은 어쩔 수 없이 노인 쪽으로 기울어져 있었던가. 한참동안 거울을 보며 심란한 심정을 달래지 않을 수 없었다.

그러나 젊음이 앞만 보는 삶이라면 노년은 뒤를 돌아다보는 시간이 많아지는 법이다. 그래서 허한 마음을 다스릴 수 있는 여유와 지혜가 생긴다. 그러면서 인생의 진정한 가치가 어디에 있는가를 어렴풋이나마 몸으로 깨닫게 된다는 것이 젊을 때와는 다르다.

사람에게는 누구나 살아온 만큼의 연륜이 쌓이기 마련이다. 그것은 석양의 노을빛과 같아서 누구든지 함부로 판가름 할 수 없을 것이다. 그 속에는 엄숙한 아름다움이 존재하기에.

언젠가 들은 유행가 가사에도 있듯이 '우리는 늙어가는 것이 아니라 익어가는 것이다.' 라고 한 노랫말이 오늘따라 위로가 된다.

(〈에세이21〉 2016. 여름)

'얼이 지나가는 굴'

전철을 기다리다 언뜻 보호문에 비친 내 얼굴을 눈여겨 본다. 오늘따라 내 모습이 더 생소하다. 바삐 서두른 탓에 얼굴도 머리도 엉망이다. 어제 밤잠을 설친 탓도 있겠다.

공교롭게도 내 앞의 광고판에 어느 지방대학의 인상학과를 알리는 광고문구가 눈에 들어왔다. 자세히 보니 수긍이 가는 문구들이 적혀 있었는데 얼굴이란 그 사람의 '얼이 지나가는 굴'이라는 풀이와 함께 그 사람 얼굴의 인상으로 운명까지 바꿀 수 있다는 글귀였다. 솔깃해져 눈을 뗄 수가 없는데 떠오르는 사람이 있다.

모 의과대학병원의 통증의학과 의사가 그 분이다. 언젠가 편찮으신 어머님을 모시고 한동안 그 병원을 드나든 적이 있었는데 연로하신 어머님은 여러 질환의 통증으로 시달리고 계셨던 터라 통증의 대가라고 소문나신 그 의사선생님에게 예약을 하고 몇날며칠을 기다렸다. 워낙 이름이 있는 분이어서인지 기다리는 환자들이 촘촘히 시간에 맞춰 대기하고 있는 것에 놀랐다. 그런데 정작 의사선생님을 대하고 보니 자그마한 체구인데도 그 눈빛과 표정이 유별했다. 환자를 대하는 모습이 아주 진지한 눈빛이었는데 그것은 환자의 아픔을 내 아픔인 양 공감하고 있는 얼굴이었다. 이 분이 왜 그리 유명한 분인지 그대로 전해져 왔다. 환자 한 분 한 분의 고통과 통증을 세심히 살피며 최선을 다하는 모습이 옆에서 지켜보던 이에게까지 느껴져 고개가 숙여졌다. 더 놀라운 것은 그분의 얼굴이 신기하게도 각기 다른 환자의 아픈 모습과 닮아 있었던 것이다. 아니 환자의 고통스런 얼굴모습, 그 자체였다. 환자에 대한 측은지심이 바로 그 얼굴에 바로 쓰여 있었다.

그분의 자그마한 체구와 얼굴 모습에서 의사로서 지니는 최고의 아름다움이 느껴졌다. 병원을 들를 때마다 그분에게 풍겨오는 자애로움이 나에게까지 전해오는 듯하여 병원에 가는 일조차 싫지가 않았다.

또 얼마 전에는 국립중앙박물관의 백제 불상인 '반가사유상'을 대하고 또 한 번 느낀 점이다. 유리상자 속의 자그마한 불상을 접하는 순간 그 자그마한 얼굴의 미소가 한동안 내 마음을 사로잡고 놓아주질 않았다. 살짝 눈을 아래로 내려 감고 생각에 잠긴 그 모습, 지금이라도 눈을 뜨고 곧 일어날 것만 같은 생동감과 은근한 표정, 그 연연한 미소를 머금은 채 천년을 하루같이 이리 앉아있나 싶은 생각에 발길이 떨어지질 않았다. 곧 눈을 뜨고 일어나 말을 건넬 것 같은 이 불상의 미소 띤 얼굴이 내 마음을 놓아주질 않는다. 나는 불상에 대해서 잘 모르지만 발길이 떨어지질 않는다. 뒤돌아 가면서도 자꾸 뒤를 보게 되며 다시 보고 싶어졌다. 길이 이어질 백제 예술의 진수, 아니 한국을 대표할 만한 아름다운 얼굴을 보는 것 같았다. 예상컨대 백제의 도공이 지양하는 백제 여인의 얼굴이 아마 이런 모습이 아니었을까, 하는 상상을 하니 그 미소는 앞으로도 천년을 넘어 면면히 전해질 것을 확신하겠다.

지금도 우울할 때면 가끔 나는 그 불상의 얼굴과 미소를 떠올린다. 오늘 전철에서 많은 사람의 얼굴을 살피면서 위의 두 얼굴이 생각났던 것은 광고 문구 때문만은 아닐 것이다. 요즈음은 얼굴과 외모가 경쟁력이라 믿고 있기에 젊은 이들은 물론 모든 부류의 사람들이 외모를 가꾸는데 열성적이지만 감동을 받을 만큼 아름다운 외모와 미소를 만나는 것은 그리 쉽지 않기 때문이다.

미인의 규정은 시대에 따라 달라진다고 하지만 미소 띤 얼굴의 아름다움만은 시대를 초월하는 것 같다. 그 사람의 얼은 그 사람의 겉모습에도 나타나기 마련인 셈이니, 곧 그 시대의 얼굴도 그 시대를 사는 사람들의 모습으로 대변된다 할 수 있을 것이다. 그렇다면 내 얼굴도 이 사회의 일부이기도 하고 아름다운 사회를 만드는데 일조한다는 생각으로까지 비약된다. 더 나아가 이 시대의 모습도 오늘을 사는 나의 모습으로부터 이루어진다고 생각되니 개인적인 취향을 넘어서 사회 문제로까지 번져갈 수 있겠다.

그 통증 의사와 반가사유상은 다른 차원의 얼굴이지만 사람의 마음을 움직이게 한다는 공통점을 갖고 있어 아름다움의 기준을 보여주고 있는 셈이다.

새삼 유리창에 비친 내 모습을 보면서 옆 사람의 '얼이 지나가는 굴'도 살짝 엿본다. 나의 얼과 오늘의 얼을 가늠해 보면서.

(〈에세이21〉 2019. 겨울)

용기

왜 진작 실천하지 못했을까. 요즘 들어 거울을 볼 때마다 그 생각으로 가득하다. 다름 아닌 눈썹 문신이다. 오래 전부터 외출할 때는 물론이고 집안에서조차 행여 식구들이 내 눈 위를 볼세라 은밀히 방을 나오곤 했다.

그런데 내가 처음부터 눈썹이 그토록 흐렸던 것은 아니다. 나이(?)를 먹다 보니 머리숱이 줄어들기 시작하고 더불어 눈썹도 자연 엷어져, 그리지 않고는 내가 보기에도 민망한 지경에 이르렀다. 어쩌다 만나는 지인들조차 문신을 권하는 게 아닌가. 그런데 나는 지금 이 나이에도 겁이 많아 엄두를 못 냈다. 어려서부터 겁쟁이라는 소리를 듣고 자라 그런지 새로운 것에 도전이라곤 찾아 볼 수 없는 성격이 되고 말았다. 더구나 문신이라면 더욱 더 손사래를 쳤다. 아무튼 문신이니 성형 같은 것은 나와는 거리가 먼 남의 이야기로만 알고 살아왔다.

그런데 우연찮게 계기가 찾아왔다. 어느 날 은행 업무를 보러 동네에서 조금 떨어진 곳에 있는 빌딩을 찾았다. 그곳 2층을 가기 위해 엘리베이터를 기다리고 서 있는데, 옆에서 웬 여성분이 나를 보고 환한 미소를 짓는다. 거기다 내 이름까지 부른다.

깜짝 놀라 자세히 보니, 예전 학교에서 같이 근무했던 동료가 아닌가. 얼굴을 살피는 나에게 다짜고짜 건네는 첫 마디 인사가 "선생님도 해야만 하겠어요. 내 눈 위를 좀 봐요" 하며 어제 만난 친구처럼 스스럼이 없이 대한다. 그리고 자기 얼굴을 들이대며 눈썹을 보라는 것이다. 그러고 보니 그 뒤에 일행인 듯 여러 명의 아주머니들이 뒤따라오며 그 말에 동조라도 하듯 따라 웃고 서 있다.

그는 예전에도 서글서글한 성품에 붙임성이 좋아 한동안 옆자리에 앉아, 친하게 지냈던 사이였다. 내가 이미 그 학교를 떠났음에도 불구하고 어제 만난 친구처럼 첫 마디가 나에게 문신하라는 권고의 말이었다. 그러면서 바로 이 빌딩 5층에 아트센터가 있다고 가르쳐준다. 아트센터는 문신하는 곳의 상호였다. 당장 지금이라도 같이 가자고 손을 잡으며 이끈다. 그러고 보니 뒤따르던 분들은 그와 함께 온 동네 또래 주부들이었다. 나는 한숨을 돌리고 재차 머뭇거리며 주춤대자 그러면 언제든 전화하고 오라며 한 발짝 물러선다. 이어서 자기소개로 왔다고 하면 값도 깎아준다는 말까지 덧붙인다. 그날은 그가 그곳의 전화번호만 친절하게 내 핸드폰에 찍어주고 헤어졌다.

얼떨결에 소개를 받고, 전화번호까지 주선 받고 보니 솔깃하게 마음이 움직여왔다. 그런데 그때까지도 선뜻 용기를 내지 못했다. 아직도 문신에 대한 나의 부정적인 선입관이 작용하여 망설이긴 마찬가지였다.

얼마 후 나와 막역한 선생님과 친구 셋이서 차를 마시는 기회가 있었다. 앞자리에 가깝게 앉아 차를 마시던 친구가 내 얼굴을 보자마자 눈썹에 대해 언급하기 시작한다. 그런게 비뚤어졌다느니, 한쪽이 너무 올라갔다느니 하며 나의 그림(?) 솜씨를 품평하더니 문신하기를 적극 권했다.

내친 김에 그 다음 날로 예약을 해 버렸다. 그리고 며칠 후 드디어 실천에 옮기고 말았다. 그런데 나의 의지로 행한

게 아니고 선생님과 친구에게 떠밀려 간 셈이다. 덧붙이자면 시술 장소가 예상했던 것보다 쾌적했고, 무엇보다도 주인장이 마음에 들었던 게 한몫 거들었다.

어찌됐든 실천에 옮기고 보니 지금은 이점이 한두 가지가 아니다. 외출할 때 거울 앞에서 서성대던 시간이 절약되는 것은 물론이고 화장에 대한 부담감이 사라지면서 민낯으로도 밖에 나갈 수 있는 용기까지 생겼다. 지금이라도 수영장에 가도 되겠다는 생각까지 들었다.

시간이 지나면서 곰곰이 생각되어지는 것들이 있었다. 내 인생에서 용기가 없어 망설이다가 때를 놓친 것들이 얼마나 되던가. 무슨 일이든 시작도 하기 전에 결과를 두려워하며 미리 겁내고 살피다가 잃어버린 것들은 또 얼마나 되며, 남의 이목이 두려워 실속을 버린 것들은 또 얼마던가. 생활하면서 용기가 부족해 새삼 놓쳐버린 일들이 떠오른다.

그동안 내가 주체가 되어 실천에 옮겼던 일보다 주위의 청에 못 이겨 떠밀려서 행한 것들까지 합치자니, 심심치 않게 많아 씁쓸한 마음 감출 수가 없다.

그러나 조금 늦은 감은 있으나 앞으로의 남은 날들은 용기와 도전이라는 단어를 염두에 두며 살아가고 싶다. 좋은 일도 먼저 나서야 만이 행복도 배로 얻을 수 있는 법이니까.

이즈음 진해진 눈썹이 나를 활기 있게 만든다.

(〈에세이21〉 2017. 여름.)

찬미예수

-사랑하올 어머니

또 한 해가 가고 새 날이 왔습니다. 지난해에도 우리를 무탈하게 지켜주시고 레지오 본분을 잊지 않게 도와주시니 성모어머니께 감사를 드립니다.

올해는 미담 하나를 소개할까 합니다. '우리 사랑의 샘' 단원 중 한 자매의 이야기입니다.

"우리 집에서 같이 밥 먹자."그분의 입에서 하루도 빠짐 없이 나오는 말입니다. 요즈음 세상에 밥을 못 먹는 사람이 있을까 만은 그 소리를 들을 때마다 포근한 친정엄마의 모습이 생각납니다. 그러나 요즘처럼 풍요로운 사회 속에서도 이 말이 정답게 들리는 것은 무슨 까닭일까요? 한 마디로 말할 수는 없지만 따뜻한 엄마의 사랑이 느껴지기 때문이라 믿어요.

이 교우는 2년 전에 우리 성당으로 전입해온 70대 자매입니다. 레지오 단원 경력이 30년이 넘고, 전 성당에서는 총구역장, 레지오 단장을 수십 년을 해온 레지오의 열혈 단원입니다. 연수가 오래 되었다고 해서 지칭하는 것이 아니라 그 믿음과 실천을 통한 신앙생활이 남달랐기 때문입니다.

그분에게서는 아픔이 있었던 것입니다. 3남매 중 맏아들이 고2 초기에 교통사고를 당해 1년간 혼수상태에 있다가 만 1년 후에야 깨어났습니다. 그 1년 동안은 피를 말리는 고통의 연속이었을 것입니다. 다행스럽게 깨어났지만 후유증이 너무나도 컸습니다. 머리를 다쳐 왼쪽 수족 마비로 혼자서는 활동할 수 없는 장애 2급 판정을 받았습니다. 그후 26년 동안 장애아들을 돌보며 믿음 생활에 매진하고 있습니다. 아들에 대한 완쾌의 희망을 놓지 않고, 만나는 사람마다 기도를 부탁하며 음식대접을 하고 있습니다. 그분 가까이 계시는 배고픈 사람이나, 마음이 아픈 사람, 어려운 지경에 처한 사람이라면 그분이 해준 밥을 안 먹은 사람이 없을 정도로 음식 나누기 봉사를 자기 일처럼 묵묵히 실천하고 있습니다. 가깝게는 고령의 시댁에 시아주머니 내외를 극진히 돌보며 사흘 도리로 음식을 해서 돌보고 있고, 호스피스 병동의 대녀 돌보기를 몇 달 동안이나 음식을 해서 나르기를 했는지 저로서는 상상을 할 수가 없습니다.

얼마 전에 그분이 또 우리 단원들에게 밥 먹자는 청을 해서 집에 가서 보고 놀랐습니다. 그분 집의 냉장고는 각종 양념으로, 제철에 나는 식재료로 가득가득 채워져 있었습니다. 우리는 한 냉동실 안을 열어보고는 놀라서 으악 하고 소리를 지를 뻔 했습니다. 마늘이 1년 치 먹을 것으로 가득했기 때문이었습니다.

알고 보니 이 모든 것은 그분이 아들을 사랑하는 방식의 실천 방법이었습니다. 우리가 보통은 남을 대접하는 일이 하루 이틀로 끝나기 마련입니다. 그러나 이 자매는 30여 년 동안 정확히 말하면 막내아들이 사고를 당하면서부터 엄마의 기도 실천 방법으로 누구든 먹여야 한다는 일념으로 음식 봉사를 실천하고 있었던 것입니다. 성모님이 그랬던 것처럼.

오늘은 또 누구를 먹일까, 그것이 이분의 사는 목적이 되었습니다.

우리가 어느 때 주님께 먹을 것 드렸고

우리가 어느 때 마실 것 드렸나

끝까지 읽어 주셔서 감사합니다.

아멘.

(2018. 레지오실적보고 중에서)

소나기 마을에서

　오월의 햇빛과 신록은 참으로 싱그러웠고 달리는 버스 속에서 바라보는 바깥 풍경은 보는 것만으로도 행복감을 주었다. 거기다가 다정한 문우들과 가까이 앉아 정담까지 나누니 더없이 즐거운 날이다. 새봄의 정기를 느끼고 싶어 모임에서 기획한 문학 기행에 참가하게 되었다.

　양평의 '소나기 마을'을 향해 달리는 버스 속에서 〈소나기〉라는 단편소설을 떠올렸다. 국어선생 노릇을 한 37년간, 아마도 수십 번은 더 다뤘을 단원이다. 지금도 떠오르는 시험문제 단골 1번은 '개울물은 날로 여물어갔다'가 뜻하는 바는 무엇인가와 낱말풀이로 '잔망스럽다'의 뜻을 묻는 문제이다. 그만큼 〈소나기〉라는 소설에서만 볼 수 있는 신선한 구절과 단어이기 때문이다. 그런데 언제부터인가 〈소나기〉의 본 주제는 뒤로하고 시험문제 거리만 골똘하게 되어 주제에 대한 감동과 문장의 아름다움은 뒷전이었다. 그러니 그동안 읽었던 대다수 작품에 대한 감동도 잊은 지 오래다.

관람실에 처음 발을 들여 놓자 황순원의 유품들이 진열되어 있었는데 하나하나가 예전 바로 아버지 세대의 물건들이어서 정감이 갔다. 이어 초기 작품들이 가지런히 진열대에 올려 있었다. 누런 종이, 빛바랜 겉표지와 원고지의 친필이 눈길을 사로잡는다. 빽빽이 줄을 긋고 고쳐 쓴 네모난 원고 칸의 글씨가 익숙한 데도 왠지 신선해 보인다. 컴퓨터에 길들어져 있는 탓일 것이다. 황순원 같은 대가도 글자가 보이지 않을 정도로 여러 번 고친 흔적이 오히려 친밀감을 안겨준다. 그런데 옛날 내가 심취해서 읽었던 구절이 아닌가.

돌이켜 생각해 보니 내가 문학에 눈을 뜨게 된 것은 바로 이 소설들이었는데 잊고 지냈다니. 그 옛날 〈소나기〉를 읽고 나서인지, 아니면 우리 집 책장 속에서 인지는 기억이 나지 않지만 먼저 읽은 글이 바로 이 구절이었다,

서간문 형식의 단편 〈내일〉과 장편 〈카인의 후예〉와 〈나무들 비탈에 서다〉라는 소설을 접하고 나서 나는 눈이 새롭게 떠져 황순원의 온 작품을 찾아 읽기 시작했다. 낭만적이고 순수한 소년 소녀의 사랑을 그린 〈소나기〉와 달리 전쟁이라는 극한상황 속에서 벌어지는 인간 상호간의 교감과 악의 문제를 다룬 소설들은 놀라움과 더불어 또 다른 인간 세계의 빗장을 열게 했다.

　그 당시 내가 문학서적을 탐닉하게 된 데에는 국어선생님의 영향이 컸다. 여고 입학하자마자 국어선생님 한 분이 부임해 오셨는데, 우리 학교 인기 상위 선생님이셨을 만큼 실력과 인품을 갖추신 분이었다. 그런데 그보다도 내가 마음이 끌렸던 점은 선생님의 수업방식이었다. 선생님은 독서량이 많아 박식하신데다가 수업 중에 문인들에 대한 일화며 그분의 특징을 간간이 들려주신 점이었다.

　황순원은 문학을 시부터 시작하였고, 그분의 아드님도 시인이라는 것을 알게 되었다. 그래서 그분의 소설은 시적인 이미지가 강하다는 것과 성격이 곧아서 문학 이외의 글은 절대 쓰지 않으신 분이라는 것을 알게 되어 문인의 정도도 알게 되었다. 교과서에 없는 내용들이어서 더 흥미로웠다.

그런데 공교롭게도 선생님은 2학년 때 나의 담임선생님까지 되어 진로에 결정적인 역할을 하셨다. 나는 선생님의 마음에 드는 학생이 되려고 무척 애를 썼다. 그것은 교과서 이외의 선생님이 추천하는 문학 작품을 찾아 읽고 시를 외우는 일이었다. 그래야만 선생님과 대화를 나눌 수 있을 것만 같았다. 또 선생님은 내가 문집을 예쁘게 꾸미고 글을 잘 썼다고 학기 초에 친구들 앞에서 읽어주신 분이기도 했다.

그때 썼던 작문의 제목은 〈길〉이었는데 나는 지금도 문학의 길에서 벗어나지 않은 것을 보면 선생님과의 만남은 운명처럼 느껴진다. 대학 졸업 후 내가 국어 선생이 되어 선생님을 딱 한 번 찾아 뵌 적이 있지만 그동안 잊고 지내고 있었다. 지금에 와서 생각해 보면 문학을 내 삶의 원천으로 삼고 살아가고 있는 것은 그때부터 시작되었던 것이 아닐까.

한 번은 또 이런 일이 있었다. 국어 시험이었는데 자유롭게 자기 인생관과 우주관을 서술하라는 주관식 문항을 내주셨다. 물론 미리 공고를 했기에 각자 자유롭게 준비를 했다. 나는 이때다 싶어 황순원의 〈내일〉이라는 글의 형식을 빌어 그럴 듯하게 서술하고 시험장을 나왔다. 그 첫 문

장이 지금도 외워진다. 나는 '그쪽을 거기라고 말하겠소.'
라고 시작되는 남자의 고백으로 시작되는 간단한 편지 형
식의 글이었는데 내가 생각하는 이상적인 경지로 느껴져
그 문장을 흉내 냈다. 그 후로 선생님께서는 나를 대하시는
것이 다르게 느껴지는 것 같았다. 그리고 시험 때마다 나에
게 문제의 타당성을 묻기도 하셔서 당신이 출제한 문항의
난이도를 가늠하시는 것 같았다. 나는 선생님께 인정받은
학생이 된 것 같아 한동안 우쭐하기도 했다.

여고 졸업 후 드디어 국문과에 입학하여 정규 문학도가
되었다. 그렇지만 문학의 길은 그때부터 시작되는 멀고도
끝없는 길이었다. 그러나 세월이 흘러 어느 해 은인의 도움
으로 다시금 문학을 내 것으로 만드는 기회가 찾아왔지만
지금도 그 길에 서면 내버려진 듯 외롭고 무력할 때가 느껴
진다.

황순원으로 하여 문학세계의 눈을 떴던 그 옛날로 돌아
갈 수는 없지만 새삼 밤새워 책을 읽고 글을 썼던 초심으로
돌아가고 싶다. 고단한 인생의 2막을 살고 있는 이즈음, 설
레며 꿈꾸었던 열정을 되찾고 싶다. 이 순간 그 울림으로
내 심장은 뛰고 있다.

관람실을 뒤로 하고 나오니 한 무리의 청소년들이 떼를 지어 올라온다. 한 아이는 수숫단 속에서 큰 소리로 웃고 무어라 소리를 친다. 시끌벅적하지만 무리 속을 휘감고 도는 기운이 느껴진다. 청소년들에게만 느낄 수 있는 열정과 패기다. 저 무리 속 소년소녀들 속에는 장차 문학의 향기에 휘감겨 평생의 업으로 삼는 아이도 나오리라.

나를 향해 다가오는 저 소녀는 그 기운을 알아차릴까. 그 옛날 밤새워 꿈을 그리던 나의 모습을 투영해 본다.

(자핫골, 2015. 5.)

우정의 선물

"옥진아, 옥진아 "

동창들과의 여행에서 돌아온 지도 두 달이 되어 가건만, 지금도 귓가에는 나를 부르는 소리가 환청처럼 들려온다.

바람결이 차갑게 느껴지던 봄날, 초승달을 보고 떠난 여행길이 보름이 다 되어서야 돌아왔다. 열이틀이 꿈같이 지나가 버렸다. 여행길에 들려온 소리는 키가 헌칠한 달변의 미남 가이드의 해설보다 내 이름을 불러주는 친구들의 목소리가 내 귀에 더 정겨웠다. 친구들은 예사롭게 나를 불러주었을 뿐이지만 나로서는 내 마음을 어루만져 주는 듯 하여 그동안의 고단함을 보상받는 느낌이었다.

얼마 만에 들어본 이름인가. 요즈음 들어 어르신이라는

호칭으로까지 불리다가 갑자기 본연의 내 이름으로 불리니, 굳었던 마음이 녹는 듯했다.

2017년이 되자 여고 동기들이 운영하는 카톡방이 요란해지기 시작했다. 우리들에게는 각별한 해가 되기 때문이다. 여학교를 졸업한 지 50년이 되는 해이면서 나이는 칠십이 되는 해가 된다고. 헤아려 보니 50이라는 숫자는 반백년이 되기도 하고, 시간수로는 438,000시간이라는 어마어마한 숫자가 되기도 하다.

30여 명의 동창들과 스페인 외 2개국을 함께 갈 것을 결정한 데에는 한 친구의 우정 어린 간곡함과 여러 친구들의 권유가 있었기에 가능했다. "네가 안가면 우리의 존재감도 없다. 얘." "꼭 함께 가자." "안 가면 후회할 거야." 등등 여러 친구들이 한꺼번에 제의를 해와 나도 벅찼다. 갑자기 나의 존재감이 살아나는 것 같았다. 결국 이 친구들의 권유에 내 마음은 흔들리고 말았다 .내 사정상 갈 수 없는 이유가 여럿 있음에도 불구하고 무리하게 결정을 내리고 말았다. 그렇다고 권유한 친구들이 나와 절친한 사이도 아니었기에 더 가슴을 울렸다. 그동안 동창회는 멀리서만 바라보는 형편이었고. 관여한 것이라곤 선후배가 모여 만든 동인지에 글을 써서 기웃거렸을 뿐이었다.

한편 여행은 동반자도 중요하기에 그동안 동기들과 뜸했던 나로서는 조금 걱정이 되었다. 칠십 년을 살아오면서 고작 중, 고 3년, 혹은 6년을 함께 다녔다는 이유만으로 반백년의 공백을 뛰어넘을 수가 있을까, 솔직히 의구심이 들었다. 그런데 그 생각은 정말 기우에 불과했다.

졸업 후 처음 만나는 친구도 어쩌면 어제 만났던 짝꿍처럼 다정하게 다가오다니 참으로 놀랐다. 한 학교 한 교실에서 배움을 함께 했다는 것이 이리도 끈끈할 수가 있을까. 서로들 의아해 하면서도 반가운 얼굴들이었다. 서로 마주 대하는 순간, 어릴 때 얼굴이 되살아나 가슴이 두근거렸고, 곧장 추억 속으로 달려가고 있었다. 그로부터 우리의 여행은 막이 올랐다.

첫 날. 비행기는 20시간이나 걸려 카타르를 거쳐 북아프리카 모로코의 항구 카사블랑카로 우리를 데려다 주었다. 다음 날은 천년의 도시 패스, 9천3백 개의 미로로 된 유네스코가 지정한, 중세에 머물러 있는 도시에서 하루를 지냈다. 어깨를 나란히 할 수 없을 좁은 골목이라 더 속삭이며 걸었다. 그 옛날 경주 수학여행 때가 그려졌다. 불국사 마당의 소나무 아래 모여 소곤거렸던 친구들이 떠올랐다.

지금도 동물의 대소변으로, 옛 방식 그대로 가죽을 처리한다는 패스의 염색공장을 바라보며, 야릇한 냄새로 코를 막으면서도 좋았다. 까딱 한눈을 팔다간 길을 잃어버리기 십상인 거미줄 같은 좁은 골목에서조차 호호거렸다. 하늘은 또 왜 그리 파랗던지.

세비야에서는 플라밍고 춤을 감상했다. 무대를 향해 촘촘히 앉은 우리는 무희의 숨소리까지 들릴 정도로 가까이 앉아서 관람했다. 붉은색 의상과 캐스터네츠의 딱딱이는 소리, 현란한 발동작에 손뼉에 맞추는 탭댄스의 발놀림, 여기에 휘돌아 치는 듯 불꽃같은 춤, 여행객들을 사로잡는 열기로 어딘가로 끌고 가는 듯하다. 열정적인 춤사위, 관객의 손뼉소리도 따라 갈 수 없을 만큼 빠른 무희의 발동작에서 집시들의 내공을 보았다. 그리고 그들의 애절한 몸동작은 잊고 있었던 옛사랑의 기억을 떠오르게 할 만큼 애틋했다. 가슴은 무언지 모를 뜨거움이 솟는 것만 같았다. 친구들도 공감하고 있는 듯 숨을 죽이며 몰입해 있었다. 숙소로 돌아와 감상을 얘기하던 중, 서로들 놀라지 않을 수 없었다. 남성 무용수 로미오가 모든 친구들의 마음을 흔들어 놓았다는 사실이었다. 우리의 가슴에는 아직도 10대의 설렘이 아직 살아 있었다니!

숱한 세월이 흘렀어도 서로를 예전 그대로 라고 위로해 주는 할머니 여고생들은 하나같이 바보가 되면서도 행복해했다. 물색없는 얘기라도 허물없이 받아주는 친구들의 모습이 얼마나 정겹든지.

여행 6일째, 리스본에서의 저녁식사 시간, 내 방의 짝이 되어준 광*의 생일 파티가 조촐하게 이루어졌다. 70개 초에 불을 켜고 다 같이 축하노래로. 여고시절 음악시간에 불렀던 '조르다니' 의 '카로 미오 벤'을 불렀다. 선창은 내가 하고 모두 힘껏 불렀다. 그 노래를 부르는 동안은 영락없는 음악교실 속의 여학생들이었다.

이번 여행은 흘러가는 세월을 한 걸음 늦추는 힘을 지니고 있는 것 같았다. 살다보면 어느 때는 결코 한 치도 돌이킬 수 없을 만큼 회오리바람같이 무섭게 지나쳐 갈 때가 있었는데, 이번 여행은 그런 숨 가쁜 생활을 잠재우게 하고, 눈을 뒤로 돌리는 여유로움으로 주름진 마음을 어루만져 주었다.

이제 친구들과 얼마동안이나 이런 즐거운 시간을 함께

나눌 수 있을까. 고단한 인생길에서 험난한 고개를 넘고 돌아 70줄에 이르렀음에 더 애틋함이 감돈다.

'견딜 수 없는 고통을 견디며, 잡을 수 없는 저 하늘의 별을 잡자'라고 외친 스페인 세르반테스의 명언을 떠올리며, 비록 우리가 석양빛이 감도는 인생길에 서 있지만 그의 순수함과 열정을 닮고 싶은 것일까.

여행에서 돌아오는 길은 지칠 법도 하건만 오히려 힘이 남아 있는 것은 그 때문일 것 같다. 선물을 가득 안고 온 듯 가슴이 뿌듯하다. 이번 여행을 통하여 그동안 잊었던 꿈과 열정을 되찾는다면 얼마나 큰 수확이겠는가.

진심으로 서로를 배려해 주고 감싸주는 친구들이 있기에 우리의 남은 삶은 또다시 피어날 것이다.

(자핫골, 2017. 5.)

그곳에도 무궁화가

요즈음 우리 동네 길가에 무궁화가 소담스레 피어 사람들의 발길을 붙잡는다. 그 꽃을 보니 오래 전 일이지만 지금도 그곳 풍경이 눈에 선하다. 그곳이 지구 반대편 나라인데도 우리나라 어느 소도시에 와 있는 것 같은 안정감이 들었다. 그것은 순전히 꽃들 때문이었다.

아담한 돌집들이 길게 늘어선 골목길이 우리네 고샅길을 걷는 것 같았고, 더욱 친근감이 들었던 것은 집들마다 담장 안에는 꽃밭이 아담하게 가꾸어져 있었다. 그런데 그 꽃들이 하나같이 우리가 어릴 때 보았던 소박한 것들이었다. 접시꽃, 칸나, 채송화, 능소화, 그 가운데 우뚝 솟아있는 왕자 같은 모습의 무궁화는 어느 집이나 심어져 있었다.

집집마다 색색별 무궁화로 골목길의 풍경을 다채롭게 꾸며 주고 있어 더했다.

그런데 내가 더 놀란 것은 딸이 머물고 있는 부르통 씨네 집에 도착했을 때였다. 그동안 딸은 이곳 대학에서 실시하는 어학연수 중이었는데, 연수과정의 끝 무렵에 어미인 내가 직접 방문하기로 마음먹은 것은 이분들에 대한 고마움 때문이었다. 딸아이 방문 앞에는 한글로 된 이름표가 붙어 있었고 어디서 구했는지 조그만 태극기가 방문 앞에 꽂혀 있었다. 물론, 그 집 꽃밭에도 무궁화 여러 나무가 싱싱하게 자라고 있었다. 갑자기 친척 아저씨 댁에 온 것과 같은 착각이 들며 긴장감이 풀어지는 듯했다. 물론 그 전에 딸아이로부터 전해들은 부르통 씨의 인품을 이미 알고 있었지만 정작 이 집에 도착하고는 실감이 되었다.

어린 대학생인 딸을 지구 반대편인 프랑스로 보내고 밤잠을 편히 자지 못하고 있을 때 딸에게서 날아온 안심되는 소식들, 갑자가 치통으로, 궂은 날씨로, 교통 파업으로, 몸살로, 밤새 잠을 자지 못했을 때, 양아버지처럼, 이모처럼 간호해 주며 보살펴 주었던 이들 내외의 인정이 가슴을 울려 도저히 딸을 앉아서 그냥 맞이할 수가 없었다.

한밤중 열이 나 신음하고 있을 때 의사를 왕진 오게 하여 낫게 해 주었던 일, 그곳은 아직도 우리의 예전 의사의 모습을 그대로 간직하고 있었던 것도 좋았다. 아직 딸의 외국 학생용 의료보험카드가 채 마련되지 않았을 때 당신의 딸처럼 여겨 당신들의 보험카드로 대체해 주었던 일은 두고두고 잊지 못하겠다.

이곳에 도착한 다음 날 주인 부르통 씨 내외는 우리 모녀를 초대해 주었다. 응접실에 들어가니 그림 여러 장이 벽면을 장식하고 있었는데 무궁화 그림이 눈에 확 들어왔다. 의아해서 딸에게 묻자 이곳 근처에 살고 있는 교포 화가가 그린 것이라고 한다. 알고 보니 이 도시의 꽃이 무궁화였던 것이다. 그리고 나서 생각해 보니 이곳 기후와 풍토가 우리네와 비슷하다는 느낌이 들었다. 그러니 이곳 사람들의 성품도 비슷하지 않을까 하는 생각도 들며 그동안 주인 내외의 인정 많고 자상하게 대해 준 것들이 정말 무궁화를 닮은 것 같았다.

처음 딸애가 이곳으로 어학연수를 떠난다고 했을 때 내심 보내고 싶지 않았다. 나이도 어린, 여자애이고 외국에 나가본 경험도 없고, 어미로서 여러 가지가 마음에 걸렸다.

그런데 하늘이 도우셨는지 이곳 문화원 주선으로 우연히 정하게 된 머물 집이 부르통 씨 집이었으니 아마도 하늘의 도우심이 아닌가 여겨진다.

부르통 씨는 대부분의 프랑스 사람이 그렇듯이 그리 크지 않은 키의 중년의 파란 눈이 빛났던 점이 인상적이었다. 독실한 가톨릭 신자였던 그분은 오래 전부터 한국과 인연이 깊은 분이었다. 아니 한국을 매우 사랑하는 분으로서 덕망이 있는 자상한 분이었다. 그런데 자녀가 없었던 탓에 부르통 내외는 이곳 수도원을 통해 한국의 어린아이를 오래 전부터, 그것도 두 아이를 입양하여 키우고 있었다. 큰애는 아들로 이름은 부리악, 돌 때 입양 와서 지금은 우수한 공대생이 되었고, 동생 마리는 중학생으로, 공부를 잘해 이곳 신문에 날 정도로 뛰어난 아이였다. 취미로 양궁을 배우고 있어 한국에 있는 나에게 활을 사가지고 올 수 없느냐고 물었던 부르통 씨였다. 또한 이 부부는 이들 남매에게 정체성을 심어주기 위해 한국을 방문하기도 했고, 한국 유학생들을 집으로 초대도 하며, 홈스테이 형식으로 한국의 유학생들을 불러 이들 남매에게 한국을 익히게 하는 교육적 배려심에 놀라웠다.

딸아이는 한국에 와서도 부르통 씨 내외와 교분을 끊지 않고 있었는데 아들 부리악은 공대를 졸업하고 우리 기업인 삼성에서 인턴사원으로 근무하고 있고, 딸 마리도 이제 의대생이 되었다고 한다. 그러나 안타까운 일을 부인인 부르통 아주머니가 그사이 유명을 달리했다는 것이다. 딸은 그곳을 한 번 더 다녀온 후, 지금은 소식만 전한다고 한다.

딸아이는 그동안의 연수로 곧바로 대기업의 불어 통역하는 직책을 맡게 되었고, 지금은 결혼도 했다. 부르통 씨의 덕분으로 언어실력도 쌓아 직업도 생겼다. 직장에서 남편도 만나게 되어 결혼도 했다. 지금 딸아이는 육아 중에 있는데 그 아이가 좀 크면 불어를 익혀 부르통 아저씨네를 방문하는 것이 꿈이라고 한다.

딸애로 인해 내 생애 아름다운 추억이 된 부르통 내외와의 인연은 영원히 잊지 못할 것이다. 지금도 눈에 선한 것은 집집마다 피어있는 무궁화이다. 지구 반대편, 낯선 도시에 용모는 달라도 우리와 같이 무궁화를 가꾸며 살아가고 있는 그곳 사람들, 우리 딸을 보호하고 거두어 주었던 부르통 씨 내외와 이웃들, 나는 잊을 수가 없다.

한국을 한국 사람보다도 더 사랑하고 아꼈던 부르통 씨

내외, 지금은 혼자되어 두 아이들을 어찌 보살피며 살고 있을까. 무궁화를 우리 아이들보다 더 보고 자란 마리와 부리악은 또 얼마나 컸는지. 아마도 이들은 한국의 정서를 몸속 어딘가에 간직하고 있어 어디서든 잘 살아갈 것이다.

이제 세상은 지구촌시대, 곳곳에 무궁화가 피듯이 부르통씨 댁 두 아이들도 활짝 핀 삶을 살아갈 것을 믿어 의심치 않는다. 지금도 부르통 씨 댁 꽃밭에는 무궁화가 피어나겠지. 오늘따라 우리 아파트에 곱게 핀 무궁화를 보니 마리와 부리악, 두 아이들이 눈에 선하다.

(2013. 9.)

일산 할머니

오늘도 네 돌이 된 손자와 통화를 한다. 며칠 전 손자가 왕할머니 생신 때 와서 먹은 것이 탈이 났다고 하는, 며느리의 말이, 마음에 걸려 먼저 전화를 걸었다.

"여보세요 ?"라는데 전화기 저편에서 어김없이 손자의 짜랑짜랑한 목소리로 일산 할머니를 외치는 듯한 소리가 귓가를 울린다. 탈이 나은 것이 분명하다. 안심이 된다. 제 딴에 반갑다고 일산 할머니를 부르며 연신 "근데, 일산 할머니 보고 싶어요." 한다. '근데' 는 또 왜 붙이는가 그것도 신통하다. 어린것이 대화를 이어가는 감을 익힌 것 같아 기특하기만 하다. 그러고 보니 일산 할머니가 된 지도 꽤 되었다.

일산 할머니는 이곳 일산으로 이사 오면서 붙은 나의 또 다른 호칭이기도 하다. 그것은 일산에 사니 그리 부르는 것에는 아무런 이의가 없는데도 왜 그런지 뒷맛이 영 개운치가 않다. 왠지 모를 소외감이랄까, 특히 친손자에게서 듣는 귀맛은 더하다.

나는 삼 남매를 두었다. 위로 딸이 둘, 막내로 아들이다. 두 살 터울로 어려서는 조롱조롱 크더니 희한하게도 결혼도 두 해 간격으로 차례로 했다. 이어 아이도 순서대로 세상에 나와 아들만 셋, 나란히 있다. 아쉬운 것은 손녀가 아직 없는 것이지만 아들이 귀한 집에 손자만 있어서인지 아직은 그리 서운치는 않다. 이제는 우리 나이로 큰딸네 아이 9살이고 둘째네가 7살, 이어 친손자 6살이나 되었다. 기특하게도 손자들이 말을 배우면서 하나같이 할머니, 할아버지를 부르는 발음이 또렷한 것도 나에겐 큰 자랑거리이다.

첫손자가 태어났을 때를 생각하면 지금도 가슴이 두근거린다. 그때는 현직에 있을 때라 학교 근무 중에 손자를 낳았다는 소식을 들었다. 때가 화창한 5월이었고, 주위 동료들의 축하인사로 감동이 배로 컸다.

그 전에 미리 딸아이의 산후조리를 위해서 친정어미인

내가 당연히 뒤를 봐 줘야 하는데도 그러지를 못하고, 사부인을 만나 딸의 해산구완을 정중히 부탁 드렸다. "제가 학기 중이라 결근을 할 수 없어서요."라고. 그때 나는 마음속으로 단호히 결정을 내렸다. 현직에서 물러날 때는 바로 이때라는 것을. 이제 내가 할 일은 학교 일보다 집의 애들을 봐 주는 업무를(?) 담당해야 하는 때가 온 것 같아서였다. 직업을 가진 어미라 어려서 세심히 봐주지 못한 것을 지금이라도 갚아야 될 듯싶었다. 정년까지는 아직 두 해가 더 남았지만 그걸 채우자고 할미 노릇을 미룰 수는 없었다.

그해 나는 과감히 명예퇴직을 신청했고, 이듬해 학교를 나왔다. 그리고 제일 먼저 한 일이 큰딸이 사는 외국으로 손자를 보러 가는 것이었다. 첫 돌 한복을 정성껏 준비하고, 고춧가루며 김 등 밑반찬 재료들을 챙겨서 떠났다. 그리고 세상에서 나 혼자 손자를 본 것 같은 착각에 사로잡혀 꼼짝없이 손자 바보할미가 되고 말았다.

이어 둘째 딸이 손자를 낳자 대견하기가 더 이를 데 없었다. 둘째 딸은 어려서부터 '올콩'이란 별명을 가진 애라 올되기가 그지없더니, 아기도 누구의 도움 없이 건강한 사내애를 수월하게 낳았다. 그 후로 나는 손자들 크는 재미로 다른 흥밋거리는 눈에 들어오지 않았다. 귀한 보석을 혼자만 어루만지는 것 같은 심정이었다.

요즈음은 스마트폰으로 외국에 사는 큰딸을 비롯하여 두 애들이 손자들이 커 가는 모습을 수시로 찍어 보낸다. 그런데 그 사진들을 볼 때마다 이상하게도 기운이 솟는다. 왜 그런지 이유는 모르겠다, 사진을 보는 것만으로도 생기가 도는 것 같으니 어찌된 일인지 모르겠다.

오늘도 수화기 너머에서 손자는 고 예쁜 입으로 일산 할머니를 외치기 바쁘다. 그런데 그 귀여운 것이 몇 마디 끝에 할아버지를 바꾸라고 명령 아닌 명령을 한다, 옆에서 통화를 기다리던 남편은 입이 귀에 걸린다. 덤덤한 사람이 손자의 한마디에 기가 솟는가 보다. 손자가 대견하여 어쩔 줄 모르는 표정이다. 그런데 손자는 할아버지를 부르는 호칭에는 수식이 없이 그냥 '할아버지'로만 부른다. 일산 할아버지라 하지 않는 게 신통하다. 그리고 또다시 할미인 나를 부른다. "일산 할머니 보고 싶었어요." 나는 보고 싶었다는 그 한마디에 순간 일산 할머니라 부른 호칭의 찝찝함도 날려 버린다.

전화를 끊고 곰곰이 생각을 해 본다. 외손자들이 일산

할머니라고 불렀을 때는 그리 서운치가 않는데 친손자가
부르는 일산 할머니는 왜 뒷맛이 개운치 않은가, 아무리
이유를 캐내려 해도 떠오르지 않는다. 아들의 아이나 딸의
아이나 다 같은 손주이고, 고 예쁜 것도 다 같은데,

　아무래도 내가 핏줄을 우선시하는 구식 할미가 되어가는
것이 아닌가 의심해 본다. 이러다가 자칫 막무가내식 구닥
다리 할머니가 되어가는 것은 아닌가 하고 두려워지기까지
한다.

(2016. 5. 2)

작은 일들 속에

일전에 어느 문학모임에서 시 박물관을 다녀온 적이 있었다. 그 장소가 그동안 수없이 다녔던 길옆 골목에 있었는데도 그곳에 박물관이 있을 줄은 그때 처음 알았다.

시 박물관답게 우리가 알고 있는 시인의 초상화는 물론, 그의 대표작과 더불어 문학사적으로 자리매김하는 잡지까지 온 집안에 꽉 들어 차 있었다. 박물관이라고 해서 근사하게 지은 건물도 아니고 소박한 한옥을 전시장으로 꾸며 놓았을 뿐인데 진열한 이의 열정과 손끝이 느껴져 내내 발걸음이 조심스러웠다.

특별히 관장님이 나와 해설까지 맡아 주셨다. 그분은 박물관의 내력을 설명하는 중에 시(詩)로 한평생을 먹고 살았으니 앞으로의 남은 삶은 시에 보답하는 삶을 살고 싶어 만들게 되었다고 말하며, 그동안 당신이 오래 살았던 한옥을 박물관으로 바꾸어 놓았다고 했다. 그곳을 다녀온 후 얼마가 지났는데도 그분 말씀이 머릿속을 맴돌며 지워지질 않는다.

나도 교단에서 사십 년 가까운, 결코 짧지 않은 시간을 보냈지만 학생을 위해 어떤 일을 할까 하는 생각을 잠깐은 해본 적은 있었지만 그동안 하지 못했던 일, 마음이 가는 곳에 열정을 쏟을 생각만 했기에 마음이 무거워진다. 그 마음이 머물렀던 일도 이즈음에 와서는 잊고 있어 이날의 기억은 마음에 잔잔한 파문을 일게 했다. 솔직히 부끄러웠다.

나이가 든 유명한 여배우 K씨가 있다. 들리는 소식으로는 아프리카나 오지 나라에 봉사활동을 다니고 있다고 한다. '꽃으로도 때리지 말라'라는 제목의 책도 발간했다. 그가 말년에 선택한 삶에 경의를 표한다. 옆에 계신다면 손이라도 잡아드리고 싶다. 그동안 화려했던 무대에서의 삶이 이제는 저개발국가의 불우한 아이들을 향한 눈 돌림이라니, 참으로 귀하게만 느껴진다.

고백하건대 나는 순수하게 남을 위한 봉사로 의미와 보람을 느낄 기회가 적었다. 그런 점에서 예전에는 변명도 했다. 내 가족, 나와 가장 가까운 사람들에게 도움도 주지 못하면서 어찌 모르는 타인을 위해서 봉사할 수 있겠는가 하는 그럴 듯한 논리로 나를 합리화시켜가면서 달래기도 했다. 그러나 지금은 다르다.

그리 생각하게 된 계기는 얼마 전 어떤 분이 선물로 주신 '잔나 베레타 몰라'라는 성녀전을 읽은 후부터이다. 그동안 일상적으로 생각하는 성녀라 하면 비범한 업적을 죽음으로 남긴다든가, 특별한 기적을 행한 분이라는 선입견이 있어 평범한 사람들과는 거리가 먼, 하늘 위 먼 곳에 계신 분이라고 생각했는데 자연스럽게 생각의 변화가 왔다.

'몰라' 성녀는 20세기 이탈리아 사람으로 최근까지 살다간 어찌 보면 평범한 의사요, 아내요, 어머니였다. 결혼 후에는 사랑스런 아내로 남편에게 매일 아침 편지를 씀으로 행복이 넘치는 가정을 꾸렸으며, 4남매 자녀들에게는 자애로운 엄마로, 특히 모유를 고수한 평범한 엄마로서 가사와 육아에 능한 주부였다. 의사였던 그가 어릴 때부터 가졌던 꿈은 남을 사랑하는 일이었는데 가난한 환우들을 돌보는 것으로 그 꿈을 실천하고 있었다. 생을 마칠 때까지 아내요 어머니요 의사로서 최선을 다하다가 넷째 아기를 가졌을 때 갑작스런 위험에 빠져 뱃속의 아기에게 위기를 맞았을 때 당신의 생명을 대신 내어 놓은 분이었다. 당신이 의사였기에 자기 생명을 지킬 수 있는 방법을 알고 있었음에도 불구하고 뱃속아기를 안전하게 살리기 위하여 당신의 명을 포기하였다.

한편 이 소식을 접한 남미의 어느 임산부는 위험에 빠졌을 때 이 '몰라' 성녀의 이야기를 전해 듣고 자기의 간절한 바람을 기도 드려 건강한 아이를 낳는 기적을 이루었다. 이런 일이 세계 곳곳에 일어나니 교황청에서는 심사를 통해 성녀로 지정하여 남편과 그의 자녀들이 보는 가운데 2004년도 성인품에 올랐다. 신앙적으로 잔나 성녀는 결혼 성소라는 종교적 사명을 충실히 이행한 분임을 요한 바오로 6세께서는 만인에게 선포한 것이다.

우리가 살아가면서 아무 탈 없이 지낼 수 있는 것은 어쩌면 숨은 이들의 공로로 이루어진 것들이 많다는 사실인데, 우리는 잊고 사는 일이 허다하다. 그래서 요즘은 언제 어디서든 남을 먼저 생각하는 마음을 잊지 않으려고 의식한다.

즉 내가 실행한 것들이 비록 작은 일일지라도 종국에 가서는 남을 위하는 일들이 될 수 있도록 노력한다. 그리고 보니 남의 눈에 띄지 않은 선행들을 말없이 실천하는 분들이 우리 주위에 많음을 새삼 알게 되었다.

중요한 것은 우선 내가 하는 작은 일에도 의미와 보람을 찾는 마음가짐이 필요할 것 같다. 더 나아가 남을 위한 일도 내 생활의 일부처럼 행하면서 살아간다면 더없는 경지에 이르리라고 본다.

평생을 시로 먹고 살았으니 시에 보답하며 산다는 관장님의 말씀이 내 마음을 움직였던 것처럼, 여배우 K씨의 선행도 가슴에 와 남는다. 두 삶의 모습을 보면서 생각이 많아진다.

그 실천 방법은 어쩌면 가장 가까운 곳에 숨어 있을 것만 같다. 작은 일속에서 귀한 것을 발견하는 일과, 그 작은 일들을 오래도록 실천한다면 큰 보람으로 다가오지 않을까.

새삼스레 내가 행할 수 있는 작은 일들을 찾아보는 하루였다.

(자핫골, 2019. 11.)

4

한 장의
카드

즐거운 숙제

옆 동에 사는 교우에게서 카카오톡 문자가 왔다. 그 문구는 '지금 즐거운 숙제 중'이라고 쓰여 있었다. 이 문구를 보는 순간 미소가 지어지면서 숙제라는 낱말에 아련한 그리움 같은 감정이 일었다.

알고 보니 교우는 막중한 임무를 수행하고 있었는데 본당 신부님의 권고로 먼 곳에 가난한 나라 성당에 보낼 제의를 만들고 있다고 했다.

평소 교우가 잘하는 일은 바느질이어서 나에게도 예쁜 묵주지갑을 만들어 선물로 준 적이 있었다. 그의 마음씨가 고와 애정이 갔는데 마침 구역 식구라 내가 속해 있는 레지오에 들 것을 권유하여 가까워진 사이다. 바느질을 계기로 그의 곁에는 솜씨 좋은 젊은 교우 몇이 모이게 되었다. 급기야는 의기투합하여 대거 일을 벌인 것이다. 본당의 건축 기금을 마련하는 바자회를 열기로까지 발전이 되었다.

이 사실을 본당 신부님께 고하니 신부님은 그 자리에서 쾌히 승낙하셨고 뿐만 아니라 로마에서 교황님의 축성까지 받아오신 귀한 원단을 통째로 안겨 주며 격려해 주셨다. 더 나아가 요청받은 이국땅에 보낼 신부님의 제의까지 지으라는 명령 아닌 명령을(?)을 내리셨다. 그 임무를 부여 맡은 교우는 떨리는 마음과 흥분된 마음을 감추지 못하는 것 같았는데, 옆에서 보는 나도 덩달아 은총을 받은 느낌이었다. 그 교우는 자기의 재능이 이렇게 귀하게 쓰일 줄 예상하지 못했을 것이다. 생각해 보면 제의를 짓는 일이 어디 솜씨만 좋다고 되는 일인가. 얼마나 영광스런 일인가. 새삼 신부님의 전폭적인 지지와 적절한 임무 명령에 머리가 숙여진다. 자매들이 열심히 천을 자르고 재봉틀을 돌리며 바느질하는 모습이 연상되니 나에게까지 감동이 진하게 다가왔다.

숙제라는 낱말에 새삼 어린 날의 기억이 떠오른다. 학교가 파해서 집에 오면 숙제부터 서둘렀지만 꾀를 부렸던 기억도 난다. 그러면서 어른이 되면 숙제가 없을 것 같아 빨리 어른이 되고 싶었던 적도 있었다.

그런데 막상 어른이 되고 보니 그게 아니었다. 삶이란 것이 늘 숙제의 연속이었다. 아침에 일어나면서부터 잠자리에 들 때까지, 아니 어느 땐 꿈속에서조차 일거리에 시달린 적도 있었다. 그러나 생각해 보면 우리가 살아가는 것은 하느님께서 우리 각자에게 부여한 숙제를 올바로 깨닫고 실천하며 사는 것이 아닐까. 그런데 어느 때는 그 임무를 회피하기도 하고 게으름을 피우고, 때론 의미도 잊은 채 흘려버린 적도 많았음을 고백한다.

지금도 매일 매일의 숙제를 기쁘게 받아들이며 묵묵히 수행한다면 하느님이 보시고 얼마나 흐뭇해하실까. 세부적으로 그 일이 내가 잘하는 일이라면 더 좋을 것이고, 그것으로 내가, 이웃이, 교회가 행복해질 수 있다면 더욱 값진 삶을 산다고 볼 수 있겠다.

새삼 그 교우가 부러워 한 마디 부탁했다. 끝마무리 할 때는 나도 제의 실밥이라도 뜯게 해 달라고.

(의정부교구 가톨릭 주보, 2015. 6. 14)

지나간 꿈과 어머니

오늘 내 메일에는 색다른 초대장이 배달되었다. 음악회에 초대한다는 소식인데 낯익은 연주자의 사진과 함께 연주할 곡목도 적혀있었다. 내용을 보니 슈베르트 곡으로 짜인 연주회다. 순간, 나도 피아노를 쳤던 적이 있었던가, 까마득한 기억이 되살아난다.

어릴 적 한때는 나도 변할 것 같지 않던 꿈이 있었는데 그것은 음악가가 되는 것이었다. 유치원에 다닐 때부터 나는 노래 부르기를 좋아했을 뿐 아니라 어머니가 가르쳐 주는 대로 잘 따라했다. 그래서 누군가가 네가 아는 노래가 얼마나 되느냐고 묻지도 않았는데도 나는 아는 노래가 가마니로 있다고 자랑할 정도였다. 아주 많다고 하는 것을 어린아이 시각으로 쌀가마니에 비유한 것을 보면 지금 생각하니 언어 표현력에 더 능하지 않았나 싶다. 간혹 아버지 친구 분이 집에 오시면 나는 아버지의 부름을 받아 손님들 앞에서 노래를 부르곤 해선지, 가끔 할머니 댁에 가면 이웃들이 노래쟁이 왔다고도 했다. 그러나 그것은 유치원에 다닌 덕이 컸다.

그 시절에 유치원에 다녔던 것은 순전히 어머니의 열성적인 교육열 덕이었다. 어머니는 음악에 대한 열의가 대단하셨다. 어머니는 그 당시로는 드물게 여학교를 나와 초등학교 교사로 아버지와 결혼하셨는데, 지금 생각하면 어머니의 꿈이 음악가가 아니었나 생각되어질 정도로 딸들에게 일찍부터 피아노를 치게 했다.

초등학교 시절 내내 나는 음악시간이 좋았다. 선생님의 풍금소리에 맞추어 노래 부르는 것이 좋았고, 노래 잘한다고 칭찬 받는 것은 더 좋았다. 그러나 그보다 더 기다렸던 것은 풍금소리였다. 풍금소리에 취해서 창밖을 보면 가슴이 서늘해지면서 파란 하늘에 구름이 떠가는 것조차 나를 사로잡는 것 같았다.

그러나 본격적으로 피아노를 친 것은 초등학교 때부터였

다. 어머니의 친구분이였던 음악선생님께 레슨을 받았는데 어린아이가 악보를 잘 읽는다며, 다른 아이보다 진도가 빠르다며, 격려해 주시어 음악가의 꿈을 갖게 되었다.

그러나 내 꿈은 서울로 전학을 오면서 서서히 사라져가기 시작했다. 중학교 때 전학을 오게 되었는데. 서울에 오니 모든 것이 달라졌다. 우선은 어머니의 열의만으로는 레슨비 감당이 어려웠다. 그래도 어머니는 빠듯한 살림에 수소문하여 중고 피아노를 들여 놓으셨다.

그런데 고등학생이 된 나는 진로에 변화가 생겼다. 음악이 제 2의 자리로 물러나고 말았다. 책을 읽는 시간이 많아졌고 작가가 되는 꿈을 꾸기 시작했기 때문이다. 맏이로서 동생들이 있는데, 나라도 부모님의 걱정을 던답시고 피아노 치는 것에서 물러나긴 했지만 실은 음악에 대한 열정이 부족하지 않았나 싶다.

그것은 넷째였던 여동생을 보면서 느낀 점이다. 형제가 많은 중에도 피아노를 고집하며 밤새 치는 의지를 지녔다. 오죽하면 고향에서 올라오신 할아버지께서 동생이 치는 피아노 소리를 견디다 못해 피아노를 바깥 개집 옆에다 놓으라고까지 하셨다. 그러나 우리 집 식구들은 누구도 동생이 피아노 치는 것을 막지 않았다. 그리하여 끝내는 기어이 음대에 입학을 하게 되어 지금은 어엿한 연주자로 활동을 하고 있다.

우리 두 딸은 이 이모에게 레슨을 받기도 했다. 내가 이루지 못한 꿈을 우리 아이들이 이어갔으면 하고 바랐으나 나도 사정이 여의치 않아 계속 시키질 못했다. 나 또한 한때는 음악가가 되고 싶었고 도중에 그 꿈을 접으면서도 삼남매를 둔 이유를 굳이 누가 묻는다면 삼중주를 시켜볼까 한다고 답하고 싶을 정도였지만 여건은 그리 녹록치 않았다. 그러나 우리 세 아이 모두가 전공은 하지 않았어도 음악을 통하여 남다른 성장을 했을 것으로 믿는다.

친정에는 형제들이 여럿이다. 동생들이 많아도 공통적인 것은 모두 음악애호가들인 점이다. 지금도 모이기만하면 피아노 앞에 머리를 맞대고 화음을 넣어가며 노래를 부른다. 성가도 부르고 가요도 부르며 우애를 다진다. 형제들 모두가 음악적 소양이 깊은 것은 어머니 덕이다. 음악을 사랑하는 집안 분위기를 조성한 어머니의 공로였다.

지금 생각하니 음악은 지나간 꿈이 아니다. 지금도 내 곁에서 언제든 아픈 마음을 어루만져주고 용기를 불러일으

켜주고, 내 젊은 날의 열기를 잠재워 준 무언의 위로자이다. 집안의 평화를 다져주는 역할까지 해주고 있으니. 지금에서야 어머니께서 우리에게 그토록 음악에 열을 올리셨던 이유를 조금은 알 것만 같다.

한편으로 고무적인 것은 음악을 전공하지도 않은 두 딸이 어떤 노래든 들으면 바로 계명으로 옳는다는 점인데, 사위는 그것이 너무 신기하다고 언젠가 나에게 말한 적이 있다. 그 얘기를 들으면서 음감도 유전된다는 것을 알았다. 그러니 절대음감을 닮은 손자가 분명 삼남매 중 누군가에게서 나올 것이라는 확신이 선다. 그러니 지금도 음악의 꿈은 진행되고 있다고 감히 말하고 싶다.

오랜만에 슈베르트의 〈보리수〉를 소리 내어 불러본다. 어느 덧 심신이 고양되는 듯하다. 한때나마 음악가가 되고 싶었던, 아쉬웠던 지난 추억들도 이제는 소중하기만 하다. 어머니는 하늘나라에서도 새 노래를 흥얼거리고 계실 것만 같다. 새삼 어머니의 노랫소리가 그립다.

(〈에세이21〉 여름.)

찾고 찾으며

나는 오늘도 또 찾는다. 이번엔 다름 아닌 카메라다. 지난주일 손자가 왔을 때 뒤뚱뒤뚱 걷는 모습도 찍어주고 나도 함께 사진을 박았는데 그 카메라를 어디에 두었는지 도대체 생각이 나질 않는다. 그동안 심심할 때면 그 사진기를 만지작거리며 이미 찍혀진 사진들을 돌려보곤 하던 것인데 찾을 수가 없다. 항상 놓여 있던 곳에서 보이지 않으니 다른 곳에 두었나 하고 이곳저곳 살핀다.

그런데 아무 데도 보이지 않는다. 그 즈음에 외국에 사는 딸네한테 물건 몇 가지를 보냈는데 혹 그 속에 딸려 들어갔나 하고 부친 물건이 도착할 때까지 며칠을 기다리며 딸에게 전화로 물었다. 딸에게서 연락이 왔는데 무심하게도 그 속에는 카메라가 없다고 한다. 참 난감하다. 도대체 어디로 갔을까. 어디에 숨어 있을까 혹 그러면 어디 내다 버리지는 않았나 골똘히 생각해 본다.

그 카메라를 구입한 지는 몇 년이 되었지만 성능이 좋아 그동안 잘 애용했는데 참으로 아쉽다. 그 안에는 손자들 사진이며, 그밖에 우리 집의 기념될 만한 장면들이 저장되어 있어 더 아깝고 애석하다. 곧 집안에 행사가 기다리고 있어 며칠 후면 또 써야 하는데 그때까지 나오면 다행이건만 지금으로서는 감감하기만 하다.

작년에 이 집으로 이사 오고 나서부터 찾는 버릇이 더 심해졌다. 시시때때로 생각나는 물건들, 잠을 청하다가도 이것들을 어디에 두었나 하고 생각나면 여기저기를 뒤적여 한밤중 남편으로부터 핀잔받기 일쑤다. 다행스럽게 찾은 물건도 있지만 지금껏 오리무중인 것도 몇 가지가 있다. 잃어버린 물건을 생각하면 본인인 내가 더 마음이 아파와 잃어버렸다는 얘기도 차마 누구에게 못하겠다.

요즈음 들어 건망증이 더 심해지는 것 같다. 외출준비를 하고 현관문을 나서면 무언가를 꼭 한두 가지는 빠뜨리고 나가 되돌아 발길을 돌리는 횟수가 잦아졌다. 그럴 때 마다 집 식구들에게 큰일 났다고 말하면 다들 대수롭지 않게 여기며, 그러게 마련이라고 시큰둥하다. 아직 나의 총기(?)를 의심하지는 않으니 다행이지만. 구순이 넘으신 시어머님보다 내가 더 심각한 것이 아닌가, 슬며시 걱정도 된다.

그러고 보니 어릴 때 생각이 난다. 예전에 나는 잃어버리기 대장이었다. 새로 사준 장갑을 그날로 어디다 버리고 오고, 처음 꽂고 간 리본은 집에 오면 없어져 있고, 하도 잃어버린 것들이 많아 꾸중을 듣곤 했다. 그날그날 챙겨가는 준비물도 수시로 잊기도 하고 잃기도 하여 집으로 되돌아 간 적도 많았다. 엄마로부터 걱정을 듣는 횟수가 많아 이후 철이 나면서부터는 물건을 챙기는 것을 남보다도 더 힘쓰기로 결심까지 했던 기억이 있다. 그 덕분인지 그 이후로는 그런 일이 거의 없었는데 이즈음 어릴 때 버릇이 되살아 난 듯하여 기분이 언짢다.

학교에서 근무할 때 일이다. 공문을 처리하다보면 하루에도 수십 통이 오고, 보고할 거리가 날짜마다 달라 열심히 챙기며 달력에 표시를 해 놓곤 하지만, 깜빡 놓치기 일쑤이다. 다급하게 보고할 공문이며 준비해 둔 문서를 찾다보면 대체로 금방은 아니라도 찾긴 하나 적시에 나오질 않아 애를 먹은 적이 한두 번이 아니었다. 그런데 시간이 흐른 뒤 의외의 장소에서 찾을 때가 있다. 그것은 너무 귀중히 여겨 보관을 잘한 탓이기도 하여 나 자신도 놀랄 때가 더러 있어 스스로 웃은 적이 있었다.

그리고 보면 우리가 살아가는 일이 늘 무엇인가를 찾으며 한편으로는 잊으며 세월을 보내는 것 같다. 사람의 총체적 인생에서 일상으로 허비되는 시간을 빼고 나면 찾는 시간이 아마 대부분일 것이고, 또 한편으로는 그것조차 잊으며 지낸다. 우리가 하루를 보내는데도 오늘은 어떤 물건을, 어떤 사람을 어떤 일을 만나게 될까 하고 초점을 두고 지낸다.

젊은 시절에는 앞날에 대해서, 무언가를 찾는 일에 온 힘을 쏟으며 보냈다면 이즈음은 비우는 일에 더 관심이 간다. 세상의 모든 일들이 정작 내가 찾는 대로 찾게 된다면 좋으련만 그게 그리 수월하지는 않다. 이에 반해 잊고 비우는 일도 못지않게 중요함을 깨닫게 되는 때가 되었다.

살다보니 잊는 일도 일의 성격에 따라 잊히는 시간이 다 다름을 깨닫는다. 하룻밤 자고나면 잊히는 일이 있는가 하면, 몇날 며칠을 두고 곰삭히는 일도 있다. 평생을 가슴에 두고 애태우는 일도 있을 것이다. 그런데 잊는 일의 길고 짧음은 있지만 시간이 약이라는 말은 만고의 진리인 것 같다. 시간 앞에 녹아내리지 않는 것이 무엇이 있을까.

이제 나도 살아온 날보다 살아갈 날이 적은 나이가 되니 나로서 무엇을 더 찾아야 된다는 절실한 문제는 없다고 하지만 다변화하는 사회에 적응하기 위해서는 새로운 것과 부딪힐 수밖에 없다. 전의 생활과는 달리 버려야 할 것들이 많아진 셈이다. 세상의 이치가 비워야 채워지는 법이니 어쩔 수 없다.

나는 오늘도 여러 가지를 찾지만. 카메라를 찾는 일은 이제 멈춰야 할 것 같다. 아무 데서도 나올 것 같지 않은데 미련을 버리지 못하고 주저주저하고 있다.

생각해 보니 앞으로 남은 날까지 무엇을 얼마나 더 찾아야 하며, 상대적으로 비워야 할 것들이 어떤 것들인지 새삼스레 가늠해 보는 날이다.

(2012. 8.)

천경자의 아미(蛾眉)

무심코 텔레비전을 틀자 천 화백의 추도식이 내일이라고 한 줄의 자막이 뜬다. 화단에 문외한인 나도 이분의 타계소식을 이렇게 간단히 다루어져서는 안 될 것 같은 느낌이 드는데 천 화백을 좋아했던 많은 분들의 마음은 어떠할까, 착잡한 마음이 든다. 이어 생전의 모습이 떠오르면서 수필 한 편이 생각난다.

'아미'란 제목의 수필로 이 글을 읽은 때는 대학 초년생이었을 시절이니 지금으로부터 40여 년도 훨씬 전이다. 그만큼 인상적이었다고나 할까. 교양 국어 시간에 다룬 수필이었는데 지금도 내용이 생생하다

'아미'란 누에고치처럼 생긴 눈썹이란 뜻으로 미인의 눈

썹을 이르기도 하는데 여기에서는 당신의 눈썹에 얽힌 아주 짤막한 글이었다. 중요한 것은 내 마음을 움직였던, 그때로서는 내가 읽은 수필 중에서 첫 번째로 꼽을 만큼 감동적인 수필이었다는 점이다.

이 글의 줄거리는 아주 단순한 당신의 사랑 고백이다. 당신의 얼굴에서 눈썹이 약점이라고 여겼던지 화장을 처음 시작할 때 먼저 준비한 것이 눈썹연필이었다고 한다. 그러다가 당신이 어떤 사람을 사랑하면서부터는 더 정성껏 그렸다고 하는데, 사랑하는 사람이 당신의 본래 눈썹을 알아채지 못하도록 그보다 먼저 일어나 눈썹부터 그렸고, 그가 보는 데서는 눈썹 지우기를 거부했다고 한다. 그런데 어느 날 눈썹을 지워야 할 형편이어서 망설이고 있을 즈음 그가 얼굴을 닦아준다고 하여 극구 사양했지만, 거절할 수 없어 얼굴을 그에게 맡겼다.

그런데 웬일인가, 그가 눈썹만 남겨두고 다른 부분만을 곱게 닦아주다니, 천 화백님은 즉시 그가 보는 데서 수건을 빼앗아 그린 눈썹을 박박 닦아냈다는 내용이다. 그동안 본래 눈썹을 감추느라 마음 졸였던 일이며, 그가 나를 정말 사랑하는가를 의심했던 일을 후회하며 그제야 상대방의 진정한 사랑의 마음을 믿게 되었다는 내용이다.

이 글에서 내가 마음이 끌렸던 점은 내 눈썹도 아버지를 닮아 엷고 퍼져 있어서 공감이 남달랐다. 가끔은 엄마의 화장대에서 몽당눈썹 연필을 찾곤 했기에 처지가 나와 비슷했다. 그래서 내가 눈썹을 그릴 때마다 이 글이 생각나 혼자서 미소 짓곤 했다. 같은 약점을 가진 이들끼리 느끼는 은밀한 동지애라고나 할까. 그리고 매번 눈썹을 그릴 때마다 양쪽이 조금씩 달라져 애를 먹곤 했는데 천 화백님은 그림을 그리듯 눈썹도 얼마나 잘 그렸을까 상상하기도 했다. 그러나 놀라운 것은 그분의 한없는 여성성이었다.

그때 교양 국어를 가르치신 교수 분이 천 화백님과 친분이 돈독하여 그분의 일화를 가끔 들려주셨는데 실제로 천 화백님은 화장의 달인이었다고 한다. 어느 비오는 어두운 날은 어둡게, 화창한 날은 화사하게, 그때그때 분위기에 맞추어 얼굴의 미세한 부분까지 신경을 써가며 그려, 보는 이를 감탄케 했다고 한다. 화가로서의 섬세함과 유연함을 화장에도 적용한 것이 아닌가 싶다.

내가 이십 대 중반에 들어서자 그 시절에는 결혼 적령기라고 어머니는 선 자리를 여기 저기 알아보기 시작했다.

남편과 만나는 자리에 어머니도 합석을 하셨다. 그날 저녁 만남에서 돌아오자 어머니는 남편의 첫인상을 짙고 검은 눈썹을 들먹이며 나의 선택을 종용하기 시작했다. 어머니는 첫 말씀인즉슨 눈썹이 좋아 보이고 선해 보이며. 인물도 그만하면 좋다고 나를 달래셨다. 첫 마디가 눈썹 타령이었다. 사람을 평가하는 기준에 소소한 눈썹이 나의 일생의 선택에 한몫을 거든 셈이다. 결국 나는 그로부터 석 달 후 눈썹이 진한 그 사람의 안사람이 되었다. 지금 생각해도 어머니가 먼저 그 사람의 눈썹에 빠지셨지만 나도 마음에 두었던 것이 아닌가 싶다.

그 후 나는 세 아이를 두 살 터울로 낳았는데 낳을 때마다 아기가 정상인가를 확인하고 제일 먼저 눈썹부터 보는 나만의 숨겨진 습관이 있었음을 고백한다. 그런데 천만 다행스럽게도 아이들은 저희 아빠를 닮아 내 걱정을 덜어 주어 소기의 목적을 달성한 셈이다.

이제 인생의 2막을 살고 있는 이즈음 매번 눈썹을 그릴 때마다 그때를 생각해 본다. 결코 눈썹의 위력이 헛되지 않았음을. 그 옛날 어머니가 남편의 눈썹이 어떠니 했던 것도 관상학적으로 눈썹이 큰 힘을 가졌다는 것을 알게 되었다.

검고 진한 눈썹이 뭐길래 내 인생을 결정하게 된 연유가 된 것을 생각하면 참으로 우연한 것이 중요한 일생의 문제까지 좌우됨을 새삼 느끼며 웃음이 난다.

일찍이 천 화백은 이미 수필은 솔직한 글임을 직감적으로 아셨던 것 같고, 내가 '아미'란 수필에 매력을 느꼈기에 오늘 이 수필을 쓰게 된 계기가 된 것이 아닐까. 그리고 수필은 먼저 꾸밈없이 써야 독자를 감동시킨다는 점과, 어떤 글이든 전달하려는 내용을 쉽게 엮어야 하는 것도 천 화백은 이미 아셨던 것 같다. 그러기에 수필가로서의 면모도 훌륭했음을 치하 드리고 싶다.

천 화백님, 이제는 이승에서의 아픔은 떨쳐버리고 천국에서 평안한 안식을 누리소서.

(〈에세이21〉 2016. 여름.)

퇴임 석상에서

저의 솔직한 심정은 아무도 몰래 이 자리에서 있는 듯 없는 듯 사라지고 싶은 마음뿐입니다. 그러면 또 여러 분에 대한 도리가 아닐 것 같아 이 자리에 섰습니다.

정작 이 자리에 서고 보니 생각은 많았는데 할 말이 없군요. 저도 어쩔 수 없이 선배들이 했던 말들을 할 수밖에 없어요.

만나면 헤어지는 것이 세상사 이치인 것을 새삼 느끼고, 끝과 시작은 같은 자리라는 것도 깨닫습니다.

저는 오늘로서 37년간 교직에 머물렀습니다. 대학을 졸업한 그 다음 날부터 교사로서 근무한 것이 오늘에 이르렀습니다. 남은 해수로는 3년이 남았다고 하는군요. 교직이 제가 원해서 택한 직업이었지만 처음에는 학교가 저를 옥죄는 것만 같아 밖의 생활을 동경했습니다. 그래서 출근 때마다 땡땡이(?)를 치고 싶은 유혹에 시달렸지만 한 번도 실천을 못하고 오늘에 이르렀습니다.

그 후 교실이 저의 우주라고 최면을 걸면서 이 자리까지 온 것 같습니다. 저에게 있어 자랑인지 흠인지는 몰라도 일생 학교만 다닌 셈입니다. 그러니 이 교직은 삶의 방식을 배우고 익힌 곳입니다. 이것은 저의 노력도 있지만 가까이에서는 저를 뒤에서 받쳐 준 분들은 어머니 아버지 남편 그 외 집안 식구들이었습니다. 지금도 두 어머님이 계셔서 저를 위해서 늘 기도하고 계시는 공이 저를 지금 이 자리에 있게 했습니다. 또한 학교생활에서 큰 대과(大過) 없이 끝마치게 됨도 여러 선생님의 덕임을 알고 감사드립니다.

떠나는 저의 심정을 좀 착잡합니다. 교육현장에서 일고 있는 여러 변화들 때문입니다. 아이들의 정서도, 시대가 요구하는 것들도, 상상을 뛰어넘는 변화의 물결로 인한 혼란과 적응 문제입니다. 그러나 저는 여러 선생님들의 현명한 판단과 지혜를 믿고 맘을 편히 가져 봅니다. 그리고 교직은 저에게 있어 바람막이 보호처였고 삶의 스승이었으며 행복의 안식처 역할을 해 주었습니다. 특히 구암중학교는 제 평생 잊지 못할 학교가 되었습니다. 이유는 아시다시피 세 아이를 다 출가시킨 학교이기 때문입니다.

내일부터 저의 제 2의 직장은 세상입니다. 그동안 학교라는 테두리에서 보호받고 안정된 삶을 누렸지만 이제는 그토록 원하는 자유로운 세상을 향해 나갈 것입니다. 축복해 주시기 바랍니다.

여러 선생님의 가정에 늘 행운과 행복이 넘쳐 나길 바랍니다. 아울러 제가 알게 모르게 상처를 준 일이 있다면 다 용서해 주시기 바라며, 여러 선생님의 집안의 좋은 일이나 궂은 일이 있으면 꼭 연락주시기 거듭 바랍니다. 안녕히 계십시오.

(2009. 2. 퇴임식)

특별한 음악회

그 날 음악회 약속은 설렘과 두려움으로 시작되었다. 함께 듣는 새로운 동반자가 긴장을 끈을 조여 왔기 때문이다.

내가 가진 옷들 중에 가장 맘에 드는 것으로 차려 입고 털이 달린 화려한 숄도 걸치고 매무새에 각별한 공을 들였다. 청중으로서의 품위를 한껏 차린다는 명목이었지만 내심 처음 만나는 젊은이를 의식하지 않을 수 없었다. 딸아이는 요즈음 아이답지 않게 까다로운 편이라 친구들 사이에 까칠한 아이로 소문이 났다기에 남자친구와 데이트 한 번 못할까 어미인 나는 내심 걱정이 많았다.

그렇다고 남자 친구를 무작정 처음부터 집으로 초대하긴 이른 것 같았기에 가장 자연스럽게 그러면서도 색다른 만

남이 될 것 같아 어미인 내가 그리 구상해 보았다. 아이도 적극 찬성했고, 그 친구도 싫지는 않다고 하여 그날의 음악회는 색다르게 다가왔다.

이제는 지나간 고백이지만 다시 학창시절로 돌아간다면 음악공부를 하고 싶은 바람이 있다. 어릴 때 음감이 예민하고 노래도 곧잘 따라한다고 어머니는 피아노 공부를 시켜 주셨다. 어려서 한때는 피아니스트가 되는 꿈을 가진 적도 있었지만 철이 들면서 여러 남매를 공부시켜야 할 부모님을 생각하여 미리 내편에서 포기해 버리고 말았다. 지금에 와서 생각하면 포기가 아니라 음악에 대한 열정이 치열하지 못했던 것일 수밖에 없었다. 여러 동생 중 한 동생은 아버지를 조르고 고집을 피워 기어이 전공을 하지 않았는가. 그러면서 한편으로는 수준 높은 음악 애호가가 되는 것도 괜찮을 것 같다고 여겼다. 아니 오히려 즐길 수 있는 여유가 더 있겠다고 스스로 위로했다. 나의 어설픈 변명이지만.

대학을 졸업하고 여학교 교사가 되었을 때 가장 친하게 지낸 동료는 음악선생이었다. 내 편에서 먼저 다가가 그와 친구가 되길 청했다. 그의 전문가적인 음악세계를 공유하고자 했던 것이다. 나는 그를 일단 음악회 메이트로 명명하고 그 친구가 예매하는 음악회는 나도 늘 함께했다.

그 후 결혼을 준비하던 시절, 나는 철없이 아이 셋을 가질 것을 상상했다. 그것은 세 아이가 각기 다른 악기를 전공하여 삼중주를 만들기 위함이었다. 지금 생각하면 기특한 생각인데 현실은 이런 나의 꿈을 외면해 버렸다.

그러나 반평생을 넘기고 이제와 생각하니, 세 아이가 성인이 된 이즈음 전공은 하지 않았으나 모두가 음악을 사랑하는 아이들로 성장했으니 내 꿈이 헛되었다고 여기지 않을 만큼 스스로 위로한다.

그런데 이 둘째 딸이 유독 중학교 시절, 음악을 전공하겠다고 우긴 적이 있었다. 그때 나는 솔직히 끝까지 뒷바라지할 여력이 없었다. 내가 그 옛날 음악공부를 미리 포기했던 것처럼 어미인 나는 그 아이를 달래며 취미로 음악을 할 것을 유도했다. 아이는 착하게도 엄마 말을 따라 주었다. 그러나 지금도 아이는 그때 자기가 치던 피아노를 그대로 간직하며 제 방에서 내놓지 않는 것을 보면 미련을 갖고 있는 듯하다. 어미인 나처럼. 지금은 다른 학문을 전공하여 그 방면에서 왕성히 활동하고 있어 다행이지만.

지금도 잊지 못할 기억 하나가 있다. 이 아이가 중학교 시절 어느 날 그 아이가 치는 피아노 소리를 우연히 들었던 순간을 잊을 수가 없다. 어린 아이가 있는 힘을 다하여 내는 선율은 어미가 되어서 그런지 그 울림의 파장은 온 몸을 울리는 것 같았다. 나중에 알고 보니 그 곡은 슈베르트의 즉흥곡이었다. 지금도 이 곡을 들을 때면 그때의 그 감동이 되살아나는 듯 내 마음이 떨려 온다.

그렇던 아이가 이제 혼기를 앞두고 엄마와 음악회를 다니면서 어떤 생각을 하면서 듣고 있을까, 행여 못 다한 꿈을 곱씹고 있지는 않을까 만감이 교차한다. 어미가 느끼는 이 곡진한 심정을 이 아이도 느끼고 있을까. 그 옛날 아이가 연습했던 귀 익은 슈베르트의 음률이 내 가슴을 울렁이게 한다.

음악회가 끝나자 아이는 해맑은 표정으로 나에게 다가왔다. 청년도 오랜만에 좋은 시간을 가졌다며 먼저 내게 인사를 건넨다. 내심 나는 앞으로 딸아이가 유년시절에 꾸었던 꿈을 그와 함께 나눌 수 있기를 진심으로 바랐으니 호감이 간 것은 사실이었다.

먼 훗날 이 만남이 내 생애에 뿐 아니라 이 청년에게 아름다운 연분이 되어 딸아이가 못 이룬 음악의 꿈을 이 아이들의 아이들이 대를 이어줄 수 있기를 소원한다면 허황한 꿈을 꾼다 하겠지. 그러나 숨길 수 없는 것은 음악에 대한 나의 꿈이 사라지지 않고 아직도 남아 있다는 사실이다.

(2008. 10.)

하늘의 별이 되다

'○○○ 하늘의 별이 되다.'

이 문구를 보는 순간 가슴에 쿵하고 무언가 내려앉는 느낌이다. 내가 속해 있는 모임의 통지문, 회원 동정란에 적혀 있던 친구의 부고 소식이었다. 모임은 일 년에 4번, 계절별로 모이는 모임이라 한동안 그 친구가 보이지 않았어도 내가 자주 결석을 했던 터라, 대수롭지 않게 여기고 있었기에 충격이 컸다. 그러나 이제 와서 후회한들…, 무심했던 내 잘못이 크다.

그런데 정작 나를 슬프게 한 것은 그가 그토록 병고에 시달리면서도 내색은커녕, 미소를 잃지 않고 대해주던 그의 모습이 떠올라 가슴이 먹먹했다. 그동안 아프다는 소문에도 문병 한 번 가지 못하고, 위로의 말조차 건네지 못했던 것이 가슴에 와 박힌다. 나이가 들면서 가슴 아픈 일들이 늘어만 가는 것 같아 우울함을 금할 수 없다.

그는 나의 대학 친구이다. 모 대학의 교수로 재직하다가 퇴임을 했다. 언제나 차분하게 행동하며 성실하고 모범적이었던 친구였다. 대학시절, 내 사진첩에 제일 많이 등장했던 친구이기도 하다. 그런 그가 퇴임 후에도 서로가 바쁘게 사느라 뜸하게 지내다가 이제야 겨우 우정을 나누려던 참이었는데, 세월은 우리 사이를 길게 허락하지 않은 것 같다.

요즈음 인간의 수명이 100세를 넘는다고들 하지만 여전히 '인생 70 고래희'는 옛말이 아닌 성싶다. 칠십 줄에 들어서자 친구 여럿이 갔다는 소식을 받고 보니 더 그렇다. 사람이 나고 죽음에 어떤 원칙은 없지만 죽음의 대열이 나에게로 다다랐다는 현실이 온몸으로 느껴진다. 이제 죽음은 먼 이웃의 사건이 아니라 바로 내 문제가 된 것이다. 그래서인지 밤잠을 설칠 때가 종종 많아졌다.

죽음에 대한 두려움을 처음 가졌던 시기가 초등학교 때인 것 같다. 그 시절 한여름은 뇌염이 기승을 부렸다. 여름방학이 끝나고 학교에 갔는데 옆 짝 귀영이 자리가 비어 있었다. 조회시간에 선생님은 출석을 부르시다가 귀영이가 뇌염으로 하늘나라에 갔다고 했다. 나는 한동안 그 빈자리를 바라보며 의아해 하면서도 믿어지질 않았다. 바로 얼마 전, 방학 중에 친구 정자랑 그의 집에 놀러가 숙제도 하고 공기놀이를 했던 기억이 떠올라 실감이 나질 않았다. 어린 마음에도 죽음이란 그렇게 갑자기 올 수 있다는 생각에 두려움을 갖게 되었다.

대학에 들어가 철이 들면서 신앙을 가져야겠다는 생각이 들었다. 존경했던 교수님의 영향도 있었고, 죽음의 공포로부터 자유로워지고 싶었던 이유가 컸다. 그러나 신앙을 가졌다 해도 죽음의 문제는 여전히 나에겐 해결되지 않은 숙제로 남았다.

40대 시절에 나는 한 해 두 아버님을 떠나보내는 슬픔을 겪으면서 슬픔에 대해 견디는 힘이 생겼다고나 할까. 두 아버님의 병환에 애를 태우며 슬퍼만 하다가 슬퍼만 할 수 없다는 결론에 이르렀다. 두 집안의 장자로서 집안을 이끌 책임감에 눈을 떴다. 죽음이란 누구나 겪어야 할 삶의 한 과정임을 받아들이기에 이르렀다. 세상에는 누구에게나 공평한 일이 두 가지가 있는데 나이를 먹는다는 것과, 죽음은 피할 수 없는 대상이라는 점.

그 후 죽음을 받아들이는 체험은 성당 교우들의 장례식에 참여하는 일이 많아지면서 부터였다. 연도가 났다는 소식이나 문자를 받으면 교우들과 함께 기도를 바쳐드리려 상가를 찾아간다. 이것은 돌아간 분의 혼을 하늘나라로 인도해 주는 또 다른 축복의 기도여서, 이 의식은 살아 있는 자의 몫으로 소임을 소홀하지 않으려고 애쓴다. 그러나 마음 안쪽에는 어쩌면 나와 내 가족의 마지막을 염려하고 있기 때문일 지도 모른다.

한때 웰빙이라는 말과 함께 웰 에이징, 웰 다잉이라는 단어가 유행했던 적이 있다. 지금도 인터넷에서는 많은 이론과 예화가 난무하다. 웰빙이란 결국은 물질적 가치나 명예보다 건강한 심신을 유지하는 삶의 행복을 추구하는 것이라고 하고, 웰다잉이란 아름다운 죽음을 준비하는 행위로 인간의 마지막 가는 길을 준비하기 위한 행동지침을 마련하여 실천하는 것이라고 한다. 결국엔 인간이 살아있는 동안 건강하고 아름답게 사는 것이 웰다잉의 핵심인 것 같다. 결국 인간의 존엄을 유지하며 편안하면서 복된 죽음을 맞이하기 위한 과정과 방법이 문제가 되는 것 같다.

친정어머니는 말년에 간혹 이런 말씀을 하시곤 했다. "내 저승길은 밝을 것이다." 우리들이 "왜요"라고 물으면 "나는 딸을 다섯이나 낳아 키워 시집을 보냈으니 남의 집에 좋은 일을 많이 한 게 아니냐?"고 하셨다. 어머니의 생각이 이 시대와는 꼭 맞지는 않으나 일상 속에서 남을 위하는 삶, 주위사람들에게 덕을 베풀고 사는 일이 우선이라는 것을 알게 해 주는 대화였다.

지나간 어린 시절, 여름방학에 할머니 댁에 가면 평상에 누워 밤하늘을 보며 잠이 들곤 했다. 어쩌다 별똥별이 떨어지면 할머니는 소원을 빌라고 하셨다. 서툴게나마 소원을 빌었던 적이 있다.

오늘은 비록 별똥별은 없으나 친구를 생각하며 기도를 드린다. 이어 오래 전에 가신 두 분 아버지, 어머니, 올봄에 떠나신 막내삼촌, 그리고 애들 고모부, 어릴 때 짝꿍 귀영이의 얼굴도 상상하며 혼령들이 평안하시기를 빌어본다.

세상을 만드신 하느님은 아마도 이 땅에서 고단했던 영혼들을 편히 쉬게 하시려고 앞서 하늘로 부르셨을 것이다.

그리운 넋이여, 하늘나라에서 영원한 안식을 누리소서.

(2019. 7. 25)

한 장의 카드

새해 들어 첫 우편물들이 도착했다. 여러 봉투 사이로 카드 한 장이 유독 눈에 띄는데, 발신인이 북한을 돕는 단체였다.

얼마 되지 않은 일정 후원 금액을 자동으로 통장에서 떨어져 나가게 해두어서, 내가 회원인 것조차 잊고 지냈는데, 내 세례명을 기억하고 축일 카드까지 보내주니 먼 곳의 친구에게서 받은 편지처럼 흐뭇하다.

그러고 보니 가슴 설레며 카드를 받아본 기억이 가물가물하다. 요즈음은 메일이나 휴대전화에 각종 축하문자는 많이 오는데 내심 반갑기보다 상술처럼 느껴진다. 그런데 이 단체에서는 소액을 보내고 있는 회원인 나에게까지 세례명의 축일 카드도 보내주고, 본인의 축일을 환기시켜주며, 고마운 회원이라고 추켜 주는 것 같아 좀 부끄러워진다.

한 종교단체에서는 오래 전부터 북한을 돕는 후원회가 있어 북쪽의 어린이와 환자를 돌보고 있었다. 내가 지속적으로 그곳에 후원금을 보낼 수 있었던 것은 책정한 금액이 부담이 없는데다 약 한 봉지면 나을 수 있는 어린이와, 페니실린 주사 한 대면 살릴 수 있는 환자들이 많은 북한의 실태를 알고부터였다. 북쪽 환자의 가족들이 당국의 눈을 피해 중국을 통해 또는 재일동포에게 호소문을 보내고, 이것이 연결이 되어 얻어진 약들로 병이 완쾌되자 감사의 편지를 이 후원회에까지 보내온다는 것을 알았다.

그러나 결정적으로 돕고자 마음먹게 된 것은 시댁 어른들 때문이었다. 고향이 북쪽이신 시부모님께서 전해 주던 고향 음식이야기는 생소했던 북쪽이 진한 친근감으로 다가왔고 호기심까지 느끼게 되어 북쪽 고향에 대하여 자주 여쭙게 되었다. 어르신께서는 상세히 말씀을 해주시면서도 얼굴빛은 무어라 표현할 수 없으리만큼 비감하셨다.

시어른들께서는 해방 직후(1946) 봄에 월남하셨다. 시어머님은 고된 시집살이 중에도 남편을 북쪽 고향집에서 낳았는데 당신의 시아버님이 그리 좋아하셨다는 대목과, 백일된 아기를 업고 머리에 짐까지 이고 피난 온 얘기는 그야말로 압권이다. 기차를 타고, 더러는 걸으며 쌀쌀한 초봄에 한탄강을 넘어 왔다는 어머님의 무용담은(?) 언제 들어도 비장하다.

그때만 해도 삼팔선이란 선이 확정된 것이 아니어서인지 경계선을 지키는 로스케(러시아) 병사들에게 얼마간의 뇌물을 주면 눈감아 주어 강을 넘을 수 있었다고 한다. 다섯 살 된 큰 시누님은 고향 지인에게 업히고, 짐은 삯을 내어 짐꾼에게 지게 하고, 등 뒤에서는 총소리가 탕탕 울리는데 차가운 한탄강 물살에, 미끄러운 돌멩이에 걸려 넘어지면서도 무사히 강을 넘어 오셨다니 상상만 해도 마음 졸이게 한다. 얼마 쯤 가다가 주막에서 아기를 내려놓고 숨을 고르는데, 아기가 젖도 먹지 않고 깨어나지를 않았다고 한다.

이 대목에 이르면 어머님은 또 한숨을 쉬신다. 그때 마침 건넌방의 머리가 새하얗던 할머니가 해준 위로의 말은 샘물과도 같았다고 한다. 그동안 피난 오느라 등에서 시달렸던 아기가 방에 뉘니 너무 편안해서 그런다고, 염려 말라고. 그 말대로 아기는 며칠간 죽은 듯이 자고나더니, 깨어나 방실방실 웃으며 젖을 먹더라고 했다. 그 아기가 바로 남편이었으니 듣는 내 느낌은 예사롭지 않았다.

그러나 지금도 어머님이 제일 안타까워하는 부분은 생사를 모르는, 고향에 두고 온 당신의 시어머님 시아버님이신 내 남편의 할머니와 할아버지이시다.

시할머님은 그때 당신의 아들들이 공산당의 시달림으로 살 수가 없었기에 그 두 아들을 남쪽으로 떠나보내야 했지만 다섯 살 된 손녀, 지금의 큰시누님인 손녀만은 고향에 남겨 두고 떠나라고 하셨다니, 그때 어머님의 마음은 얼마나 애가 탔을까. 그러나 단단히 마음을 추스르며 이 얘기를 못 들은 척하고 어린 시누님을 먼저 데리고 집을 나섰으니, 만약에 그대로 남겨두고 내려오셨다면 어찌 되었을까. 아마 어머님은 평생을 가슴앓이 하며 사셨을 것이다. 그 당시 시할머님이 그리 한 것은 남과 북이 이렇게 갈라지리라고는 꿈에도 생각지 못했기에 그러했을 것이리라.

뒤이어 큰 시아버님까지 내려 오셨기에 북에 남은 두 내외 분, 남편의 할아버지 할머니는 심한 고초에 시달리셨을 것이다. 두 아들 모두가 남쪽으로 갔다는 사실 하나만으로 시할아버님은 불순분자로 공산당으로부터 호된 문초를 받았을 것임에 틀림이 없다. 그러기에 두 분은 아마 눈물겹게 사시다가 끝내는 외롭게 돌아가셨을 것이라고 추측만 할 뿐이다.

지금 이 시간에도 이산가족들이 서로 부둥켜안는 장면들이 텔레비전에 중계되고 있다. 아직도 눈과 귀가 밝으신 어머님께서는 뉴스를 보다가 한숨을 내쉰다. 우리는 이제 만나볼 사람도, 보고 싶은 사람도 없다고 하시면서도 당신의 시부모님을 또 거론하신다. 피난 당시 당신이 남으로 가시자고 애원했을 때 따라와 주었으면 얼마나 좋았겠느냐 하시면서 또 깊은 숨을 쉬신다.

그런데 오래 전부터 나라를 걱정하는 많은 분들이 북한을 위하여 매일 기도를 드리고 있다는 사실을 알고 놀란 적이 있었는데 첫 번째 기도 지향이 남과 북의 화해와 일치를 이루는 일이었고, 구체적인 실천으로는 북쪽에 약품과 물품을 보내는 일에 동참하고 있었다. 그 일들은 단순히 병들고 약한 사람을 돕고자 하는 순수한 마음에서 출발했을 터이니 생각해 보면 그것이 오히려 끈끈한 동족애를 더 느낄 수 있지 않을까.

남쪽이 보내는 이 간절한 기도와 약품과 물건들이 북한 수뇌부의 마음을 조금이나마 움직일 수 있게 되길 바란다. 내가 너무 큰 욕심을 부리는 것은 아닐는지.

우리 집 가까이에는 있는 자유로가 있다. 이 길로 자유롭게 왕래만이라도 할 수 있는 날이 빨리 왔으면 좋겠다. 그러면 고향의 슬픈 소식이라도 접할 수 있을 것이다.

그날을 상상하며 보내온 카드를 어루만진다.

(〈계간수필〉 2014. 봄.)

시클라멘

요즈음 거실의 꽃을 보는 재미가 쏠쏠하다. 며칠 전 서울에 볼 일을 보고 오다가 버스 정류소 앞 길가에 작은 화분을 팔고 있는 할머니를 만나, 그 중에 붉은 색 꽃이 눈에 띄어 사가지고 왔다. 돌아와 하루가 지나니 몽우리들이 줄줄이 피어 거실이 단번에 환해졌다.

그 화분을 선뜻 택한 데에는 이유가 있었다. 꽃이 예쁘기도 했지만, 그 꽃을 보자 불현듯 어릴 때 들었던 아버지의 목소리, "시클라멘이다"라고 가르쳐 주시던 강하면서도 부드러운 음성이 떠올랐기 때문이다.

선친께서는 꽃을 사랑하는 정도가 보통을 넘으셨다. 오죽 했으면 생전에 우리 형제들을 앉혀 놓고 차례로 밥을 먹여 주면서, 당부하던 말씀이 있었는데, 너희 아버지 직업이 무엇이냐고 누가 물으면 "우리 아버지는 꽃 가꾸는 분입니다."라고 말하라 이르셨다. 아버지의 직업은 그게 아니었는데 그 말씀을 들으면서 어린 나이에도 아버지가 꽃을 무척이나 좋아하시는구나, 생각되었다.

자연스럽게 우리는 꽃을 가까이 하며 자랐고, 마당에는 그 당시로는 색다른 꽃과 나무가 많아 구경 오는 이웃들이 적지 않았다. 찾아오는 이 중에는 같은 반 친구 엄마도 있었는데 연 하늘 빛 한복을 곱게 차려 입고 오신 친구엄마가 꽃처럼 고왔던 모습이 떠오르기도 한다.

그러나 나는 철이 들면서부터는 아버지의 그 취미에 선뜻 좋은 기미를 보이지 않았다. 왜냐하면 꽃을 가꾸는 데는 눈에 보이지 않는 힘든 일들이 많다는 것을 이미 알았고, 수시로 아버지에게 불려지는 일이 많았기 때문이었다. "물 가져와라." "잎을 닦아라." 하며 쉴 틈을 주질 않으셨다. 또 아버지는 평일에도 사무실에서 전화를 하곤 하셨다. 다름 아닌 꽃과 화분을 관리하는 일 때문이다. 번번이 어느 어느 화분은 밖으로 내보내고 다른 화분은 그늘로 들여놓으라는 분부를 내리시는 것이다. 그리고 그 많은 화분과 꽃밭에

물을 흠뻑 주라고도 하셨다.

화단에 물주는 일이 한 번으로 끝나는 것이 아니다. 며칠에 한 번, 아니 한여름 가뭄 때에는 매일 대대적으로 주어야 한다. 그게 여간 힘든 일이 아니었다. 나 혼자 하기에는 벅차서 놀고 있는 동생들을 동원시켜야 하기 때문이다. 그런 날 저녁이면 아버지 손에는 더 많은 간식거리가 들려져 있었다.

또 분갈이 때에는 두엄자리 옆에서 온 종일 아버지 조수 노릇을 해야 한다. 아버지는 의외로 고운 손을 지녔는데 그때는 장갑도 없어 손으로 닭똥이며 낙엽 썩힌 검은 흙을 과감히 고르며 분갈이를 하셨다. 어릴 적에 본 그런 아버지 모습이 훗날 아버지에 대한 존경심으로 바뀌었다. 나는 아버지 옆에 서 있으면서 아버지 잔심부름이 언제 끝날까, 어떻게 하면 피할까 그 궁리만 했다. 그러면 아버지는 내 마음을 어찌 아셨는지 "이 일만 하면 끝이다."고 달래듯 하면서도 하루 온 종일을 붙잡아 놓으셨다.

비록 작은 화분 하나라도 그것을 꽃 피우는 일이란 그리 쉽지 않은 일이라는 것을 일찍 터득했고, 꽃이 예쁘다고 하여 쉽게 대해서는 안 된다는 것, 살아있는 모든 것은 키우는 사람의 열과 성의를 요한다는 것을 그때 몸으로 처음 느꼈다. 그래서 내가 꽃을 가꾸는 일은 아버지만큼의 정성을 쏟을 수 없는 일이기에 그동안 엄두를 내지 못하고 미뤄 놓았었던 것이다.

나도 나이가 먹어서인지 아버지처럼 흉내를 내어 몇 개의 화분을 사 날랐다. 몇 점 안 되지만 최근에 선물로 받은 난 몇 점과 생전에 아버지가 주고 가신 난, 이사 왔다고 기념으로 형제들이 사다준 큰 자바나무와 산세베리아와 매일 아침 눈인사를 나눈다.

얼마 전에는 두 점의 난에서 차례로 꽃이 피었다. 꽃에 이슬을 머금고 은은한 향기까지 날려주어 청량한 아침을 맞는다. 그 때마다 예전에 아버지가 나를 깨웠던 일이 떠오른다. 아버지는 부지런하시어 아침이면 우리를 불러 깨우셨는데 그 방법이 꽃을 보라고 부르셨다. 부르는 순서도 내가 맏이라고 맨 첫 번째였다. 지금 생각하면 아버지는 아버지 특유의 방법으로 우리를 깨우셨다. 바로 아버지 식의 아침 알람이 꽃을 등장시켜 우리를 깨우셨다. 아침잠이 많던 나는 그것도 불만이었다.

지난 어버이날에 며느리가 선물로 가져온 양난이 꽃이

지고 난 후에도 시들지 않고 잘 자라고 있다. 이것을 보고 집에 오는 사람마다 칭찬을 아끼지 않는다. 어려서 아버지를 피해 다니면서도 꽃 가꾸는 것을 보았기 때문인지, 아버지가 하시던 모습을 흉내 내서인지 몰라도 이젠 난을 대하는 게 익숙해져 있다.

요즘 곱게 핀 시클라멘을 바라보며 나도 우리 집 식구들에게 아버지식 잠 깨우기 흉내를 내본다. 그러고 보니 아버지 가신 지 이십 년이 되어서야 내가 진정으로 아버지의 딸이 되어가고 있는 것 같아 스스로 놀란다.

오늘도 집안의 여러 화분들을 살피며 아버지가 남겨 주신 지난 여러 일들을 떠올린다. 거실의 활짝 핀 시클라멘이 나를 향해 웃고 있다.

(2012. 12.)

행복한 하루

　손목의 깁스를 푼 지가 보름이 지났건만 아직도 손놀림이 시원치 않아 물리치료를 받으러 1주일째 병원에 드나들고 있다. 깁스를 풀고도 한동안 보조기를 끼고 생활하라는 의사의 명을 따르다 보니 여간 불편한 생활을 하고 있는게 아니다.

　우선은 이 더운 장마철에 목욕은 그만 두고라도 얼굴조차 씻는 것도 마땅치가 않다. 머리숱이 적어 매일 아침 머리를 감고 클립을 말아야 하는데 머리를 만지는 것이 손목이 그리 큰 힘을 쓰는지 몰랐다. 세수를 할 때도 그렇다. 두 손을 맞대고 물을 적셔 얼굴을 씻어 내리는데 손목이 또 그리 크게 작용한다는 것을 처음 알았다. 문을 열고 닫는 것, 부엌의 가스레인지 돌리는 것도 고난도의 일이며, 변기에 물을 내리는 손놀림은 가소롭게 보일지 몰라도 그 위 단계인 것 같다.

손뼉을 많이 치면 건강에 좋다는 평범한 사실과 박장대소라는 말뜻을 새삼 되새기고 있다. 손뼉을 못 치는 사람도 있다는 우스갯소리가 웃지 못 할 이야기란 것을 알게 되었다.

그래서 그런지 주위 사람들이 한결같이 왼손이라 다행이라고 위로하는 이유를 절실히 느끼고 있다. 그런데 지금은 오른손이 무리를 하고 있는 것 같아 그것도 걱정이다.

그럼에도 불구하고 내 일상생활이 별 차질 없이 유지됐던 것은 가족과 주위 분들의 도움이다. 가장 힘이 된 사람은 남편이다, 평소에는 언제나 아내인 내 입장에 대해서 무심한 것 같아 불만이 가득했는데 내 편견이 가시게 되는 기회가 되었다. 병원에 가고 오는 것은 물론이고 매일 아침 저녁으로 내 출근을 도와, 언제고 전화 한 통이면 어디든 나를 데리러 와 주는 열의를 보여 주었다.

그런데 더 큰 걱정이 준비되어 있었다. 6개월 전부터 내가 속해 있는 문학단체에서 여행을 가기로 선약되어 있어

떠날 때가 얼마 남지 않았던 것이다. 사고가 나던 날, 그날 따라 청소를 안 해도 될 것 굳이 하느라고 마루에 물을 흘리고서 그것도 모르고 서둘러 가다가 넘어졌는데 뒤로 넘어지면서 왼손을 옆으로 짚은 게 화근이었다. 처음에는 단순한 타박상이려니 했던 것이 정밀검사를 받고 나서야 실금이 갔다는 사실에 놀랐다. 통증보다 깁스를 해야 한다는 사실이 나를 더욱 아프게 했다. 실금도 골절이라는 것이다. 얼마 남지 않은 여행계획이 수포로 돌아갈지 모른다.

그런데 병원에 따라와 준 남편은 내 속내를 미리 알아차리고 의사에게 여행을 가도 되느냐고 날 대신하여 재차 물어봐 주는 것이었다. 의사는 고개를 갸우뚱하며 의심스런 눈빛으로 NO를 할 것 같았는데 남편의 간곡한 물음 탓인지 잘 관리하면서 반 깁스를 하면 가도 되겠다는 대답을 얻어내어 주었다.

다행히 여행은 실현되었다.

그래나 뭐니 뭐니 해도 나를 제일로 괴롭힌 것은 매일 아침저녁 먹고 치우는 일이었다. 팔순도 훨씬 넘기신 어머님이 불편한 허리를 구부리고 끼니때마다 도와주고 설거지도 맡아 주지 않았으면 하루도 감당치 못했을 것이다. 새삼

가족과 옆 사람들의 고마움에 또 한 번 감동을 받으며 내가 복 많은 사람임이 느껴졌다.

젊은 시절, 아무 일없이 지나가는 하루가 참으로 무료하다고 느끼며 세상이 뭔가 화끈한 일로 다가오기를 바랐던 적이 있다. 철이 없던 시절이어서 그랬겠지만 그런 시절도 나에게 있었던가. 그러나 이 나이를 먹었어도, 다치는 일이 있긴 해도 지금도 좋은 때임을 안다.

오늘도 내가 다니는 길목의 전광판에는 오늘의 산업재해 명수가 7명이 벌써 올해 총수는 480명이 넘는 숫자가 OECD 국가 중 최고치라는 불명예스러운 문구가 내 눈을 자극한다. 이것은 어쩌면 하루 일과 속에서 빙산의 일각에 지날지 모른다. 일일이 헤아릴 수 없는 많은 변고 속에서 용케도 아무 탈 없이 살아가고 있는 것을 나는 까마득히 잊고 지냈다.

요즈음은 하루를 자고 나면 아주 조금씩 손놀림이 유연해지고 있다. 수족을 내 마음대로 움직일 수 있다는 아주 평범한 사실이 새삼 나를 행복하게 하고 있다. 시간이 세상일을 해결한다고 하지만 하루가 다르게 편안해지는 손목 때문에 영혼까지 살아나는 느낌이다.

일상의 편안함에 길들여져 고마움에 무뎌가는 나에게 부드러워진 손목으로 하루의 무탈함이 얼마나 소중한 일인지 이 즈음 다시금 깨닫는다.

(2006. 5.)

우리 집 그림 얘기

김옥진 수필집